Herkules Poirot
Dorównaj sprytem sławnemu belgijskiemu detektywowi

- A.B.C.
- Czarna kawa
- Dwanaście prac Herkulesa
- Entliczek pentliczek
- Karty na stół
- Kot wśród gołębi
- Kurtyna
- Morderstwo na polu golfowym
- Morderstwo w Boże Narodzenie
- Morderstwo w Mezopotamii
- Morderstwo w Orient Expressie
- Morderstwo w zaułku
- Niedziela na wsi
- Niemy świadek
- Pani McGinty nie żyje
- Pierwsze, drugie... zapnij mi obuwie
- Pięć małych świnek
- Po pogrzebie
- Poirot prowadzi śledztwo
- Pora przypływu
- Przyjdź i zgiń
- Rendez-vous ze śmiercią
- Samotny Dom
- Słonie mają dobrą pamięć
- Śmierć lorda Edgware'a
- Śmierć na Nilu
- Śmierć w chmurach
- Tajemnica gwiazdkowego puddingu
- Tajemnicza historia w Styles
- Tragedia w trzech aktach
- Trzecia lokatorka
- Wczesne sprawy Poirota
- Wielka Czwórka
- Wigilia Wszystkich Świętych
- Zabójstwo Rogera Ackroyda
- Zagadka Błękitnego Ekspresu
- Zbrodnia na festynie
- Zerwane zaręczyny
- Zło czai się wszędzie

Panna Marple
Rozwiązuj kryminalne zagadki z legendarną panną detektyw

4.50 z Paddington
Hotel Bertram
Karaibska tajemnica
Kieszeń pełna żyta
Morderstwo na plebanii
Morderstwo odbędzie się...
Nemezis
Noc w bibliotece

Strzały w Stonygates
Śmiertelna klątwa
Trzynaście zagadek
Uśpione morderstwo
Zatrute pióro
Zwierciadło pęka
 w odłamków stos

Tommy i Tuppence
Wpadnij na trop z zabawną parą detektywów amatorów

Dom nad kanałem
N czy M?
Śledztwo na cztery ręce

Tajemnica Wawrzynów
Tajemniczy przeciwnik

Samodzielne powieści i zbiory opowiadań

Detektywi w służbie miłości
Dlaczego nie Evans?
Dom zbrodni
Dopóki starczy światła
Godzina zero
I nie było już nikogo
Mężczyzna w brązowym
 garniturze
Morderstwo to nic trudnego
Niespodziewany gość
Noc i ciemność
Pajęczyna
Parker Pyne na tropie
Pasażer do Frankfurtu

Podróż w nieznane
Próba niewinności
Pułapka na myszy
Rosemary znaczy pamięć
Spotkanie w Bagdadzie
Świadek oskarżenia
Tajemnica Bladego Konia
Tajemnica lorda Listerdale'a
Tajemnica rezydencji
 Chimneys
Tajemnica Siedmiu Zegarów
Tajemnica Sittaford
Tajemniczy pan Quin
Zakończeniem jest śmierć

Agata Christie

I nie było już nikogo

Przełożył z angielskiego
Roman Chrząstowski

Zapraszamy na www.publicat.pl

Tytuł oryginału
And Then There Were None

Projekt serii
MARIUSZ BANACHOWICZ

Projekt okładki
MARIUSZ BANACHOWICZ

Koordynacja projektu
NATALIA STECKA

Redakcja
ELŻBIETA KACZOROWSKA

Korekta
IWONA GAWRYŚ

Redakcja techniczna
JACEK SAJDAK

And Then There Were None Copyright © 1939 Agatha Christie Limited.
All rights reserved. AGATHA CHRISTIE and the Agatha Christie
Signature are registered trade marks of Agatha Christie Limited
in the UK and elsewhere.

Polish edition published by Publicat S.A. MMIV, MMXXI

ISBN 978-83-245-8946-3

jest znakiem towarowym Publicat S.A.

PUBLICAT S.A.
61-003 Poznań, ul. Chlebowa 24
tel. 61 652 92 52, fax 61 652 92 00
e-mail: office@publicat.pl, www.publicat.pl

Oddział we Wrocławiu
50-010 Wrocław, ul. Podwale 62
tel. 71 785 90 40, fax 71 785 90 66
e-mail: wydawnictwodolnoslaskie@publicat.pl

ROZDZIAŁ PIERWSZY

I

W rogu przedziału pierwszej klasy siedział sędzia Wargrave, który niedawno przeszedł na emeryturę. Palił cygaro i z zainteresowaniem przeglądał wiadomości polityczne w „Timesie".

Po pewnym czasie złożył gazetę i wyjrzał oknem. Przejeżdżali właśnie przez Somerset. Spojrzał na zegarek... jeszcze dwie godziny drogi.

Przypomniał sobie notatki, jakie ukazały się w prasie na temat Wyspy Żołnierzyków. Najpierw kupił ją amerykański milioner, wielki miłośnik jachtingu. Wybudował na tej małej wysepce leżącej u brzegów Devonu luksusową nowoczesną willę. Drobna okoliczność, że trzecia z kolei żona milionera nie lubiła morza, wpłynęła na to, iż wysepkę wraz z willą postanowiono sprzedać. Fakt ten spowodował ukazanie się w prasie olbrzymich ogłoszeń. Wreszcie lakoniczna notatka podała do wiadomości publicznej, że wyspę zakupił jakiś pan Owen. Potem zaczęły pojawiać się pierwsze plotki. A więc, że Wyspę Żołnierzyków nabyła w rzeczywistości Gabriela Turl, gwiazda filmowa z Hollywood, pragnąca spędzić parę miesięcy w cichym ustroniu. Następnie ktoś podpisujący się „Żuk" dawał dyskretnie do zrozumienia, że ma tam powstać siedziba rodziny królewskiej! Dziennikarzowi, panu Merryweather, ktoś kiedyś szepnął, że wyspę kupiono na gniazdko dla młodej pary, sugerując, że lord L. uległ w końcu Kupidynowi. „Jonas" wiedział skądinąd na pewno, że wyspę zakupiła Admiralicja, by przeprowadzać jakieś okryte tajemnicą ćwiczenia.

Wyspa Żołnierzyków intrygowała opinię publiczną!

Sędzia Wargrave wyciągnął z kieszeni list. Pismo było ledwo czytelne, ale niektóre słowa dawały się odczytać nad podziw łatwo.

Drogi Lawrence... tyle lat nie miałam od Pana wiadomości... musi Pan przyjechać na Wyspę Żołnierzyków... jedno z najczarowniejszych miejsc... tyle mamy sobie do powiedzenia... dawne czasy... życie na łonie przyrody... wygrzewanie się w słońcu. 12.40 z dworca Paddington... spotkamy się w Oakbridge...

List był zakończony kwiecistym podpisem:

Przyjazna Panu Constance Culmington.

Wargrave zaczął się zastanawiać, kiedy ostatni raz spotkał lady Culmington. Było to chyba siedem... nie, osiem lat temu. Potem wyjechała do Włoch, by opalać się w promieniach słońca i żyć wśród tamtejszych wieśniaków. Następnie słyszał, że udała się do Syrii, gdzie, nie przerywając kąpieli słonecznych, przebywała na łonie przyrody, tym razem wśród Beduinów.

Tak, Constance Culmington była kobietą, której można by przypisać kupienie wyspy i otaczanie się tajemnicą. Skinąwszy głową na potwierdzenie swych domysłów, Wargrave pozwolił głowie opaść...

Zasnął.

II

Vera Claythorne siedziała w przedziale trzeciej klasy z pięcioma innymi pasażerami. Oparła głowę o ścianę i przymknęła oczy. Dzień był zbyt upalny na podróż pociągiem. Jakże przyjemnie będzie znaleźć się nad morzem! Właściwie miała wiele szczęścia z tą posadą.

Zajęcia wakacyjne polegały przeważnie na pilnowaniu mnóstwa dzieci. Otrzymanie stanowiska sekretarki na czas wakacji było prawie nieosiągalne. Nawet biuro pośrednictwa pracy nie robiło wielkich nadziei.

I nagle ten list:

Otrzymałam Pani adres z biura pośrednictwa pracy wraz z ich rekomendacją. Przypuszczam, że znają Panią osobiście. Będzie mi miło zaangażować Panią na warunkach dla Niej dogodnych i pragnę, by rozpoczęła Pani pracę ósmego sierpnia. Pociąg odchodzi z dworca Paddington o 12.40 i będzie Pani oczekiwana na stacji w Oakbridge. Załączam pięć funtów jako zaliczkę.

Z poważaniem
Una Nancy Owen

Nagłówek podawał adres: Wyspa Żołnierzyków, Sticklehaven, Devon...

Wyspa Żołnierzyków! O niczym innym nie pisały ostatnio gazety! Różnego rodzaju ploteczki i ciekawe komentarze. Przypuszczalnie większość z nich była zmyślona. Ale willa została na pewno zbudowana przez jakiegoś milionera i mówiono, że jest niezwykle luksusowa.

Vera Claythorne, bardzo zmęczona wytężoną pracą w szkole w ostatnim kwartale, myślała z goryczą: „Być nauczycielką gimnastyki w trzeciorzędnej szkółce to nieustanna mordęga... Gdybym tak mogła otrzymać zajęcie w jakiejś porządnej szkole...".

Ale ostatecznie dobre i to. Ludzie nie darzą zbyt wielkim zaufaniem osoby, która miała do czynienia z sędzią śledczym, nawet gdy została uniewinniona!

Przypomniała sobie teraz, jak składali jej gratulacje za odwagę i przytomność umysłu. Jeśli chodzi o śledztwo, nie mogło lepiej wypaść. Sama pani Hamilton odnosiła się do niej z niezwykłą serdecznością. Jedynie Hugh... ale o nim w ogóle nie chce myśleć!

Nagle zadrżała pomimo upału panującego w przedziale i straciła ochotę na wyjazd nad morze. Przed jej oczyma stanął wyraźny obraz... Głowa Cyrila ukazująca się wśród fal, gdy płynął do skały... wynurzała się i znikała... A ona sama płynęła swobodnie za nim, miarowymi ruchami prując wodę. Wiedziała dobrze, że nie zdąży na czas...

Morze – jego ciepłe, niebieskie blaski. Poranki spędzała, leżąc na piasku... Hugh... Hugh, który powiedział, że ją kocha...

Nie wolno jej o nim myśleć...

Otworzyła oczy i spojrzała na mężczyznę siedzącego po przeciwnej stronie. Był wysoki, o opalonej twarzy, jego jasne oczy były lekko przymknięte, aroganckie usta miały w sobie coś okrutnego.

Mogła się założyć, że zwiedził prawie cały świat i niejedno widział. Musiały to być rzeczy ciekawe...

III

Philip Lombard obserwował dziewczynę, która siedziała naprzeciw niego. „Nawet niezła – pomyślał – może trochę w typie nauczycielki. Widać po jej opanowaniu, że potrafi postawić na swoim w miłości i nienawiści. Chętnie bym się z nią zmierzył".

Zmarszczył brwi. Nie, z tym trzeba będzie dać sobie spokój. Przede wszystkim interes. Musi mieć swobodną głowę do pracy, która go czeka.

Ale jaka to będzie praca? Isaac Morris był dziwnie tajemniczy.

– Może pan, kapitanie, przyjąć tę pracę albo nie.

Odrzekł wtedy niby z namysłem:

– Sto gwinei, prawda?

Mówił tonem tak naturalnym, jak gdyby sto gwinei było dla niego niczym. Sto gwinei w chwili, gdy znajdował się u kresu swych zasobów! Był pewny, że ten Żyd nie dał się nabrać... Najgorsze z nimi jest to, że w sprawach pieniężnych wszystko wiedzą i nie da się wywieść ich w pole!

Powiedział wtedy niedbale:

– Czy mógłby mi pan podać bliższe szczegóły?

Isaac Morris zaprzeczył stanowczym ruchem małej, łysej głowy.

– Niestety, panie kapitanie, w tym właśnie leży sedno sprawy. Mój klient słyszał o panu i wie, że jest pan człowiekiem, który poradzi sobie w każdej sytuacji. Jestem upoważniony do wypłacenia panu stu gwinei w zamian za to, że pojedzie pan do Sticklehaven w Devonie. Najbliższą stacją jest Oakbridge, stamtąd odwiozą pana autem do Sticklehaven, a potem motorówką na Wyspę Żołnierzyków. Tam stawi się pan do dyspozycji mego klienta.

Lombard zapytał nagle:

– Na jak długo?

– Najwyżej na tydzień.

Gładząc wąsik, Lombard rzekł:

– Ale pan rozumie, że nie mogę podjąć się rzeczy nielegalnych.

Mówiąc to, ostrym spojrzeniem objął Morrisa.

Na grubych wargach pośrednika pojawił się nikły uśmieszek, gdy odpowiedział uroczyście:

– Jeśli zostanie panu zaproponowane coś niezgodnego z prawem, ma pan całkowitą wolność decyzji.

Niech diabli wezmą gładki uśmiech tego bydlęcia! Robił wrażenie, jak gdyby dobrze wiedział, że w życiu Lombarda zgodność z prawem nie zawsze była zasadą *sine qua non*...

Na twarzy Philipa pojawił się grymas.

Na Jowisza, nieraz zdarzało mu się ryzykować. Ale zawsze potrafił wyjść cało. Wiedział, kiedy nie należy przeciągać struny.

Nie, i tym razem nie miał zamiaru zbytnio się tym przejmować. Miał nadzieję, że przyjemnie spędzi czas na Wyspie Żołnierzyków.

IV

W przedziale dla niepalących siedziała Emily Brent, sztywno wyprostowana, zgodnie ze swym zwyczajem. Miała sześćdziesiąt pięć lat i nie uznawała gnuśności. Jej ojciec, pułkownik starej daty, zwracał szczególną uwagę na dobrą postawę.

Obecne pokolenie było bezwstydnie rozlazłe. Weźmy chociaż ten przedział; nie mówiąc o tym, że wszędzie jest tak samo. Opancerzona swoją prawością i nieustępliwością panna Brent siedziała w przepełnionym przedziale trzeciej klasy i triumfowała nad niewygodą i upałem. W dzisiejszych czasach ludzie robią tyle hałasu z byle jakiego powodu. Nie wyrwą sobie zęba bez znieczulenia, zażywają środki nasenne, jeśli nie mogą zasnąć, a wszędzie oglądają się za głębokimi fotelami i poduszkami; dziewczęta smarują ciała jakimiś olejkami i wylegują się półnagie na plażach. Usta panny Brent zacisnęły się bezwiednie. Mogłaby wymienić wiele przykładów.

Przypomniała sobie lato ubiegłego roku. Przypuszczalnie tym razem będzie trochę inaczej. Wyspa Żołnierzyków...

Przetrawiała w pamięci list, który już tyle razy czytała.

Droga panno Brent, przypuszczam, że Pani sobie mnie przypomina. Byłyśmy razem w hotelu w Belhaven w sierpniu przed kilkoma laty i miałyśmy tyle wspólnych tematów do rozmów. Posiadam obecnie własny domek na wyspie przy brzegu devońskim. Powinno chyba Panią pociągać miejsce, gdzie znajdzie Pani zdrową kuchnię i osoby o niedzisiejszych poglądach. Nie grozi Pani oglądanie nagości i wysłuchiwanie płyt gramofonowych do późnej nocy. Byłoby mi bardzo miło, gdyby Pani mogła tak się urządzić, by spędzić letni urlop na Wyspie Żołnierzyków – oczywiście jako mój gość. Czy odpowiadałby Pani początek sierpnia? Powiedzmy, ósmy.

Z serdecznym pozdrowieniem U.N.O.

Któż to mógł być? Podpis był trudny do odcyfrowania. Emily Brent stwierdziła ze zniecierpliwieniem, że tak wielu ludzi podpisuje się nieczytelnie. Zaczęła przypominać sobie osoby spotkane w Belhaven. Była tam dwukrotnie podczas lata. Przyszła jej na myśl pewna pani w średnim wieku... dobrze, ale jak się ona nazywała?... Jej ojciec był duchownym. Zaraz, była tam jeszcze pani Olten... Ormen... nie, na pewno Oliver! Tak... Oliver.

Wyspa Żołnierzyków! Gazety pisały coś o niej – jakaś gwiazda filmowa – a może amerykański milioner?

Oczywiście, często takie miejsca można tanio nabyć – nie każdemu się podobają. Ludzie wyobrażają sobie, że to musi być bardzo romantyczne, ale gdy przyjdzie mieszkać na wyspie, ujawniają się różne niedogodności, i wtedy są szczęśliwi, jeżeli mogą ją sprzedać.

„W każdym razie spędzę bezpłatnie urlop" – pomyślała Emily Brent.

Jej dochody bardzo zmalały; z wielu akcji nie wypłacają w ogóle dywidend, tak że nie należało pominąć tej okazji. Gdyby mogła sobie tylko przypomnieć coś więcej o tej pani, a może pannie Oliver.

V

Generał Macarthur spoglądał przez okno pociągu, zbliżającego się do Exeter. Tu miał się przesiąść. Do diabła z tymi bocznymi liniami kolejowymi! Do Wyspy Żołnierzyków nie było dalej niż o skok zająca.

Nie mógł sobie przypomnieć, który z jego kolegów nazywał się Owen. Widocznie ktoś z jego dawnego pułku – przyjaciel Spoofa Leggarda czy Johnny'ego Dyera. Przybędzie paru starych kompanów, aby pogwarzyć o dawnych znajomych.

Tak, pogwarka o dawnych czasach sprawiłaby mu przyjemność. Ostatnio odniósł wrażenie, że koledzy raczej unikają jego towarzystwa. Wszystko przez te przeklęte plotki! Na Boga, to już kawał czasu – blisko trzydzieści lat temu! Widocznie Armitage się wygadał. Przeklęty bubek! Cóż on mógł wiedzieć? Lepiej nie rozmyślać o tych sprawach! Można sobie wiele rzeczy po prostu wmówić, na przykład, że znajomy patrzy na ciebie jakimś dziwnym wzrokiem.

Wyspa Żołnierzyków! Był ciekaw, jak wygląda. Wiele pogłosek krążyło na jej temat. Mówiono nawet, że Admiralicja, Ministerstwo Obrony czy też Lotnictwa miały ją objąć w posiadanie.

Młody Elmer Robson, milioner amerykański, wybudował sobie willę na wyspie. Podobno wydał na nią tysiące. Wszędzie niebywały przepych...

Exeter! I godzina czekania! Nie lubił czekać. Chciałby gdzieś pójść...

VI

Doktor Armstrong prowadził swego morrisa przez równinę Salisbury. Był bardzo zmęczony... Za powodzenie trzeba płacić. Był czas, gdy siedział w swoim nowocześnie urządzonym gabinecie na Harley Street, ubrany w biały kitel, wśród nowiutkich aparatów lekarskich, i czekał, czekał przez wiele pustych dni na sukces czy bankructwo...

Ostatecznie się udało! Miał szczęście! Ale był też i zręczny. Doskonale nadawał się do swojego zawodu. To jednak za mało. Aby się wybić, trzeba mieć łut szczęścia. A on je miał! Dobra diagnoza, parę pacjentek, pacjentek wdzięcznych i bogatych... i tam i ówdzie poszło słówko: „Niech pani spróbuje udać się do Armstronga, to młody lekarz, ale mądry. Pam chodziła latami do wszystkich możliwych lekarzy, a on od razu znalazł przyczynę jej dolegliwości!".

Koło zaczęło się toczyć... Obecnie doktor Armstrong osiągnął pełnię powodzenia. Był coraz bardziej zajęty. Miał mało wolnego czasu. I dlatego cieszył się tego sierpniowego ranka, że wyrwał się na parę dni z Londynu, by udać się na tę wyspę przy brzegu devońskim. Właściwie to nie będzie nawet urlop. List, który otrzymał, był skąpy w słowach, czego nie można powiedzieć o dołączonym do niego czeku. Duże honorarium. Ci Owenowie muszą siedzieć na pieniądzach. Na pewno jakaś mała niedyspozycja. Troskliwy mąż boi się o stan zdrowia żony i pragnie poznać diagnozę, nie budząc jej niepokoju. Ona nie chce nawet słyszeć o lekarzach. Jej nerwy...

Nerwy! Brwi lekarza uniosły się. Ach, te kobiety i ich nerwy! Ostatecznie jeśli chodzi o jego interes, to właściwie wszystko jest w porządku.

Większość kobiet, które przychodziły do niego po poradę, chorowała najwyżej na nudę. Nie byłyby mu jednak wdzięczne, gdyby im to wręcz oświadczył! Zawsze można wymyślić jakąś chorobę.

„Rzadko spotykany przypadek (tu następowała jakaś długa nazwa), nic poważnego... wymaga jedynie właściwej kuracji. Leczenie jest zupełnie proste".

Nie ulega wątpliwości, że wiara w uleczenie jest najsilniejszą bronią medycyny. On sam umiał posługiwać się tą bronią, potrafił wzbudzić nadzieję i wiarę.

Szczęściem udało mu się wybrnąć z tej sytuacji sprzed dziesięciu... nie, sprzed piętnastu lat. O mały włos nie wpadł wtedy. Byłby bezapelacyjnie zgubiony! Ledwo przyszedł do siebie po tym wstrząsie. Przestał pić całkowicie. Na Jowisza, pomimo wszystko był o krok od katastrofy...

Usłyszał rozdzierający uszy klakson samochodowy; olbrzymi supersportowy dalmain pędził za nim z szybkością osiemdziesięciu mil na godzinę. Doktor Armstrong zjechał na sam skraj drogi. Znowu jeden z tych młodych wariatów, którzy rozbijają się po kraju. Nienawidził ich. I tym razem otarł się prawie o jego wóz. Przeklęty dureń!

VII

Tony Marston, naciskając bez przerwy klakson, myślał w duchu: „Ten ruch i tłok na szosach jest niemożliwy. Zawsze ktoś musi zatarasować ci drogę. I wszyscy muszą jechać środkiem szosy! Prowadzić auto w dzisiejszych czasach w Anglii to prawie beznadziejne... nie jak we Francji, gdzie można dodać gazu...".

Czy nie warto się zatrzymać, by ugasić pragnienie? Ma masę czasu. Została jeszcze jakaś setka mil z okładem. Miał ochotę na szklaneczkę piwa imbirowego. Powietrze drga z upału!

Ostatecznie pobyt na tej wysepce może być nawet przyjemny – byle pogoda dopisała. Zastanawiał się, kim też mogą być ci Owenowie. Przypuszczalnie siedzą na forsie. Właściwie istnieją przyjemniejsze miejsca na spędzenie czasu niż ta bezludna wysepka, ale taki człowiek jak on, bez większych zasobów finansowych, nie ma dużego wyboru.

Miejmy nadzieję, że są dobrze zaopatrzeni w trunki. Nigdy nie jest się pewnym ludzi, którzy zrobili pieniądze, a nie są od urodzenia przyzwyczajeni do pewnych rzeczy. Szkoda, że pogłoska, jakoby Gabriela Turl miała tę wyspę zakupić, nie sprawdziła się. Przyjemniej byłoby spędzić czas z ludźmi filmu.

No, ostatecznie można przypuścić, że trochę dziewcząt tam będzie...

Gdy wyszedł z baru, przeciągnął się, ziewnął, spojrzał na błękitne niebo i wsiadł do swego dalmaina.

Młode kobiety patrzyły na niego z zachwytem – podziwiały jego sześć stóp wzrostu, proporcjonalnie zbudowane ciało, kędzierzawe włosy, opaloną twarz i ciemnoniebieskie oczy.

Zapuścił motor i z rykiem wyjechał z bocznej uliczki. Starzy mężczyźni i dzieci odskakiwali w bok. Chłopcy z podziwem spoglądali na samochód. Anthony Marston kontynuował swą podróż, budząc powszechne zainteresowanie.

VIII

Blore jechał pociągiem osobowym z Plymouth. W przedziale znajdował się poza nim jeszcze jeden pasażer, jakiś stary rybak z kaprawymi oczyma. W tej chwili spał.

Blore pisał w swym małym notesiku.

– Oto cała grupa – mruczał do siebie – Emily Brent, Vera Claythorne, doktor Armstrong, Anthony Marston, stary sędzia Wargrave, Philip Lombard, emerytowany generał Macarthur oraz służący Rogers z żoną.

Zamknął notes i włożył go z powrotem do kieszeni.

Spojrzał na drzemiącego w kącie mężczyznę. Będzie miał z osiemdziesiątkę – ocenił fachowo jego wiek.

Zaczął zastanawiać się nad swoimi sprawami.

„Robota powinna być dość lekka – rozmyślał. – Nie wyobrażam sobie, bym mógł się potknąć. Przypuszczam, że uda mi się dopilnować wszystkiego".

Wstał i przypatrywał się odbiciu swej twarzy w szybie. Miała w sobie coś, co kojarzyło się z wojskiem. Tak, cechę tę podkreślał przystrzyżony wąs. Twarz właściwie bez wyrazu. Oczy szare, blisko osadzone. „Mógłbym przedstawić się jako major – pomyślał – ale nie, zapomniałem. Będzie tam ten stary generał. Od razu się na mnie pozna.

Afryka Południowa... to jest mój punkt wyjścia! Nikt z gości nie ma z nią nic wspólnego, a ja właśnie skończyłem czytać opis podróży po Afryce i mogę na ten temat coś niecoś powiedzieć".

Na szczęście ludzie z kolonii reprezentują całą gamę różnorodnych typów. Blore czuł, że w każdym towarzystwie mógłby bez obawy przedstawić się jako przybysz z Afryki Południowej.

Wyspa Żołnierzyków. Poznał ją jako mały chłopczyk. Niedaleko brzegu trochę skał, w których gnieździły się mewy.

Co za pomysł wybudować na niej dom! Przecież tam musi być okropnie podczas brzydkiej pogody! Ale milionerzy mają swe kaprysy!

Stary rybak obudził się w swoim kącie.

– Człowiek nigdy nie jest pewien morza, nigdy! – powiedział.

Blore przytaknął.

Rybakowi się odbiło.

– Nadciąga szkwał – rzekł melancholijnie.

Blore obruszył się lekko:

– Chyba nie. Jest śliczny dzień.

Stary krzyknął rozgniewany:

– Burza nadciąga! Czuję ją nosem.

– Być może ma pan rację – odpowiedział Blore pojednawczo.

Pociąg zatrzymał się na jakiejś stacji i dziwny pasażer stanął niepewnie na nogach.

– Wysiadam tutaj. – Mocował się z drzwiami, Blore mu pomógł.

Staruszek odwrócił się. Podniósł uroczyście rękę i zamrugał zaczerwienionymi powiekami.

– Czuwaj i módl się! Czuwaj i módl się! Zbliża się Dzień Sądu.

Przy schodzeniu na peron upadł. Leżąc, spojrzał na Blore'a i rzekł z niezmierną powagą:

– Mówię do pana, młody człowieku. Dzień Sądu jest już bardzo blisko.

„Jemu bliżej do Dnia Sądu niż mnie" – pomyślał Blore, wracając na swoje miejsce.

Ale... jak wykazały późniejsze wypadki, nie miał racji...

ROZDZIAŁ DRUGI

I

Na stacji Oakbridge stała grupka osób rozglądających się niezdecydowanie wokoło. Za nimi numerowi ułożyli walizki. Któryś z nich zawołał:
– Jim!
Zbliżył się szofer jednej z taksówek.
– Czy państwo może na Wyspę Żołnierzyków? – zapytał z czystym devońskim akcentem. Cztery osoby kiwnęły głowami, a potem zaczęły się sobie przyglądać.
Szofer zwrócił się do sędziego Wargrave'a jako do najstarszego z grupy:
– Czekają na państwa dwie taksówki. Ale jedna z nich musi jeszcze poczekać na osobowy z Exeter – to kwestia paru minut – jakiś pan ma nim przyjechać. Może ktoś z państwa zaczeka? Będzie państwu wygodniej w mniejszych grupkach.
Vera Claythorne, jako przyszła sekretarka, z miejsca zabrała głos:
– Ja zaczekam. Może państwo pojadą pierwsi? – Spojrzała na troje nieznajomych, w głosie jej brzmiała nuta autorytetu. Robiła wrażenie kierowniczki internatu dla dziewcząt.
Panna Brent odpowiedziała sztywno:
– Dziękuję – i z uniesioną głową wsiadła do taksówki. Obok niej usadowił się Wargrave.
Kapitan Lombard zaproponował:
– Jeśli pani pozwoli, zostanę z panią, panno...
– Claythorne – odrzekła Vera.
– Pani pozwoli, że się przedstawię. Philip Lombard.

Numerowi ułożyli walizki w taksówce. Wargrave odezwał się konwencjonalnie do panny Brent:

– Zdaje się, że będziemy mieli ładną pogodę.

– Wydaje się, że tak – odparła.

„To dystyngowany mężczyzna – pomyślała. – Całkiem niepodobny do typów, jakie spotyka się w pensjonatach nad morzem. Oczywiście pani czy panna Oliver musi być osobą o pewnym poziomie...".

– Czy zna pani dobrze te okolice? – zapytał Wargrave.

– Byłam w Kornwalii i w Torquay, ale pierwszy raz w życiu znalazłam się w tej części Devonu.

– Ja również mało znam te strony.

Taksówka odjechała. Drugi kierowca zapytał:

– Może państwo wsiądą do samochodu, nim pociąg nadjedzie?

Vera odmówiła stanowczo:

– Nie, dziękuję.

Kapitan Lombard zaśmiał się.

– Może przejdziemy się trochę? Chyba że pani woli pójść na stację?

– O, dziękuję. Tak przyjemnie wydostać się z tego dusznego pociągu.

– No tak, podróżowanie w dzisiejszym upale nie należało do przyjemności.

– Mam nadzieję, że pogoda się utrzyma. Niestety, u nas w Anglii aura bywa tak zwodnicza...

Lombard zapytał, widocznie z braku tematu:

– Czy pani zna te okolice?

– Jestem tu po raz pierwszy. – Postanowiła wyjawić mu z miejsca powód swego przyjazdu. – Nie znam nawet mojej przyszłej chlebodawczyni.

– Pani chlebodawczyni?

– Tak. Zostałam zaangażowana przez panią Owen w charakterze sekretarki.

– Ach tak. – Jego sposób mówienia zmienił się niedostrzegalnie, stał się pewniejszy, mniej sztywny. – Czy to nie dziwne?

Vera zaśmiała się.

– Nie ma w tym nic dziwnego. Po prostu jej sekretarka nagle zachorowała i zatelefonowała do biura pośrednictwa pracy o zastępczynię, a oni skierowali mnie.

– A więc tak to wygląda. A jeśli pani nie spodobają się warunki pracy?

Vera uśmiechnęła się znowu.

– O, to tylko takie wakacyjne zajęcie. Mam stałą pracę w żeńskiej szkole. Prawdę powiedziawszy, jestem niezwykle podniecona możliwością zobaczenia Wyspy Żołnierzyków. Tyle o niej czytałam w gazetach. Czy to nie fascynujące?

– Nie wiem. Nie widziałem jeszcze tej wyspy.

– Naprawdę? Owenowie muszą być niebywale dumni z jej posiadania. Co to za rodzaj ludzi? Mógłby mi pan powiedzieć?

Lombard zastanawiał się chwilę. „Niezręczna sytuacja – udawać, że ich znam, czy nie?". Nagle zawołał:

– Osa usiadła pani na ramieniu! Nie... niech się pani nie rusza. – Machnął ręką. – O, już odleciała.

– Dziękuję panu bardzo. W tym roku pojawiło się mnóstwo os.

– Przypuszczam, że to z powodu upałów. Czy pani nie wie przypadkiem, na kogo czekamy?

– Nie mam najmniejszego pojęcia.

Dał się słyszeć głuchy odgłos nadjeżdżającego pociągu.

– To pewnie ten pociąg.

Z drzwi dworca wyszedł wysoki mężczyzna w typie byłego wojskowego. Jego szpakowate włosy były gładko przyczesane, a siwy wąs starannie przystrzyżony.

Tragarz, uginając się pod dość ciężką skórzaną walizą, wskazał na Verę i Lombarda.

Vera podeszła parę kroków.

— Jestem sekretarką pani Owen. Właśnie czekamy z taksówką na pana. Panowie pozwolą – to jest pan Lombard.

Niebieskie, wyblakłe oczy, bystre pomimo wieku, spoczęły na Lombardzie.

Ten młody człowiek nieźle wygląda. Ale coś z nim jest nie w porządku...

Wszyscy troje podeszli do taksówki. Wkrótce zostawili za sobą spokojne uliczki Oakbridge, potem jakąś milę jechali drogą do Plymouth, wreszcie skręcili w wąskie dróżki otoczone bujną zielenią.

— Nie znam wcale tej części Devonu – odezwał się generał Macarthur. — Mieszkam na wschód stąd, na granicy Dorset i Devonu. Naprawdę tu jest bardzo ładnie. Te pagórki, czerwona ziemia i wszędzie tak zielono, aż miło patrzeć.

Philip zauważył krytycznie:

— Okolica jest trochę zanadto zamknięta... Osobiście wolę bardziej otwarte przestrzenie, gdzie można zobaczyć, co się dzieje...

— Mógłbym się założyć, że zwiedził pan kawał świata – zwrócił się do niego generał.

Lombard wzruszył lekceważąco ramionami.

— Ano, było się trochę tu i ówdzie.

„Pewno za chwilę spyta mnie, czy brałem udział w wojnie światowej – pomyślał. – Tacy starzy wojskowi nie mogą się bez tego obejść".

Ale generał Macarthur nawet słowem nie wspomniał o wojnie.

II

Gdy minęli wierzchołek pagórka, zaczęli zjeżdżać serpentynami do Sticklehaven, malutkiej wioski złożonej z paru domków. Przy brzegu kołysała się łódź rybacka.

Na południu dostrzegli w blasku zachodzącego słońca Wyspę Żołnierzyków.

– To nawet kawał drogi – zauważyła Vera z wyraźnym zawodem w głosie.

Wyobrażała sobie, że wyspa jest położona bliżej brzegu i że zobaczy na niej jakiś pałacyk. Z daleka nie było widać ani śladu domu, jedynie skały. Było w tej scenerii coś ponurego. Vera zadrżała lekko.

Przed małą gospodą „Siedem Gwiazd" siedziały trzy osoby.

Można było rozpoznać zgarbioną postać sędziego, wyprostowaną sylwetkę panny Brent. Trzecią osobą był wysoki mężczyzna, który wyszedł im naprzeciw.

– Pomyślałem, że powinniśmy zaczekać na państwa. Razem popłyniemy na wyspę. Pozwolą państwo, że się przedstawię? Nazywam się Davis. Z Natalu; Afryka Południowa to moja kolebka, cha, cha – zaśmiał się wesoło.

Sędzia Wargrave spoglądał na niego z widoczną niechęcią. Miał minę, jak gdyby chciał wyprosić go z sali sądowej. Panna Brent nie była pewna, czy właściwie lubi ludzi z kolonii, czy też nie.

– Może ktoś z państwa miałby ochotę na mały kieliszeczek przed wejściem do łódki? – zapytał Davis gościnnie.

Nikt nie przyjął jego propozycji, odwrócił się więc i podniósł rękę do góry.

– Nie zwlekajmy zatem. Mili gospodarze nas oczekują.

Zauważył dziwny wyraz skrępowania na twarzach obecnych, jak gdyby wzmianka o gospodarzach działała na nich paraliżująco.

Na znak dany przez Davisa jakiś rybak podniósł się spod ściany, o którą opierał się do tej pory. Jego twarz była pomarszczona od wiatru, ciemne oczy unikały ich spojrzenia. Mówił z miękkim devońskim akcentem.

– Jeśli panie i panowie chcą już wyruszyć, łódka stoi gotowa. Jeszcze dwóch panów ma przyjechać autem, ale pan Owen polecił nie czekać na nich, gdyż nie wiadomo, kiedy przybędą.

Całe towarzystwo ruszyło naprzód. Rybak prowadził ich po kamiennym molo do zakotwiczonej obok motorówki.

Emily Brent zauważyła:

– To jakaś mała łódka.

Właściciel motorówki odrzekł z pewnością siebie:

– To wspaniała łódka, proszę pani. Niech pani tylko mrugnie okiem, a popłyniemy nią do Plymouth.

Sędzia Wargrave ostro przerwał jego wywody:

– Jest nas tutaj parę osób.

– Ach, ona może pomieścić dwa razy tyle, proszę pana.

Philip Lombard rzekł swym miłym głosem:

– Wszystko w porządku. Pogoda wspaniała. Morze spokojne.

Panna Brent wsiadła z wyrazem niepokoju na twarzy. Inni postąpili za nią. Całe towarzystwo było jeszcze skrępowane sobą nawzajem... Każdy czuł się jakby obserwowany przez pozostałych.

Mieli już odbijać od brzegu, gdy dróżką wjechał do wioski samochód. Potężna maszyna była tak piękna w linii, że jej pojawienie się miało wręcz teatralny charakter. Przy kierownicy siedział młody mężczyzna, wiatr zwiewał jego włosy do tyłu.

W blasku zachodzącego słońca nie wyglądał na zwykłego śmiertelnika, ale co najmniej na młodego bożka, bohatera sag Północy.

Nacisnął klakson i potężny dźwięk potoczył się echem od skał do zatoki.

To był fantastyczny moment. Na tle tej scenerii Anthony Marston wydawał się mieć w sobie coś nadprzyrodzonego. Później wszyscy przypomnieli sobie tę chwilę.

III

Siedząc przy sterze, Fred Narracott pomyślał, że to jakaś dziwna historia. Nie tak wyobrażał sobie gości pana Owena. Przypuszczał, że będą bardziej wytworni. Mężczyźni w strojach jachtingowych, kobiety w barwnych sukienkach, wszyscy bogaci i imponujący. Nikt z nich nie przypominał towarzystwa, jakie podejmował Elmer Robson. Drwiący uśmieszek ukazał się na jego wargach, gdy przypomniał sobie gości milionera. To było towarzystwo – a jakie napiwki dostawał!

Ten cały pan Owen musi być jakimś innym rodzajem dżentelmena. Dziwne, ale Fred Narracott nigdy nie widział pana Owena ani jego małżonki. Właściwie nigdy się tu nie zjawiał. Wszystkie polecenia i pieniądze otrzymywał Fred od Morrisa. Instrukcje były zawsze jasne, pieniądze punktualnie płacone, ale wszystko to wydawało się dziwne. Dzienniki pisały, że z tym panem Owenem wiąże się jakaś tajemnica, i Fred Narracott przyznawał im rację.

Może kryje się za tym panna Gabriela Turl, która kupiła wyspę? Ale patrząc na pasażerów, można było spokojnie tę teorię odrzucić. To nie ten rodzaj – nikt z nich nie wyglądał na kogoś, kto ma do czynienia z gwiazdą filmową.

Ze złością zaczął ich klasyfikować.

Ta stara panna – to kwaśny gatunek, znał go dobrze. Że była piekielnicą, mógł się założyć. Starszy pan wygląda na wojskowego. Młoda panienka jest ładna, ale pospolita, nic nadzwyczajnego, nie przypomina gwiazdy z Hollywood. A ten rześki, krępy osobnik nie wygląda na dżentelmena. Zapewne jakiś były kupiec. Natomiast drugi, chudy pan przedstawia się już znacznie lepiej, jego bystre spojrzenie o czymś świadczy. Być może ma coś wspólnego z filmem.

Ale właściwie tylko jeden pasażer przedstawiał się zadowalająco. Ten, który przyjechał samochodem. I to jakim! Takiego samochodu Sticklehaven jeszcze nie oglądało. Musi kosztować setki i setki funtów. Ten należał do właściwego rodzaju. Bogaty od urodzenia. Gdyby wszyscy byli w tym typie... byłoby to bardziej zrozumiałe...

Dziwna sprawa, jeśli się nad tym zastanowić... bardzo dziwna.

IV

Łódka płynęła w kierunku wyspy. Wreszcie spoza skał wyłoniła się willa. Południowa strona wyspy wyglądała zupełnie inaczej. Brzeg łagodnie opadał do morza. Dom wychodził frontem na południe, był niski i sprawiał nowoczesne wrażenie dzięki dużym oknom, wpuszczającym wiele światła.

Urocza willa – willa, która spełniała wszelkie oczekiwania.

Fred zatrzymał motor i skierował łódkę do małej przystani pomiędzy skałami.

– Musi być dość trudno przybijać tutaj w czasie niepogody – zauważył ostro Lombard.

Fred Narracott odrzekł obojętnie:

– Gdy wieje południowo-wschodni wiatr, nie ma mowy o przybiciu do wyspy. Czasami jest odcięta na tydzień lub dłużej.

Vera Claythorne pomyślała: „Sprawa dostaw musi być ogromnie trudna. To najgorsze. Wszystkie problemy domowe są takie kłopotliwe".

Czółno otarło się o brzeg. Fred Narracott wyskoczył na ląd. Lombard pomógł innym w wysiadaniu. Narracott przycumował łódź do obręczy przybitej do skały. Następnie zaczął się piąć do góry schodami wykutymi w skale.

– Co za wspaniałe miejsce! – odezwał się generał Macarthur.

Ale poczuł się niemiło. To jakaś przeklęta dziura!

Gdy całe towarzystwo znalazło się na dużym tarasie, wszystkim zrobiło się lżej. W otwartych drzwiach willi stał w uniżonej postawie służący, oczekując gości; na widok jego poważnej miny odzyskali pewność siebie. Poza tym willa z bliska wyglądała jeszcze bardziej pociągająco, a widok z tarasu był wspaniały...

Służący podszedł bliżej, kłaniając się dyskretnie. Był chudym, wysokim mężczyzną, szpakowatym i przyzwoicie się prezentującym.

– Państwo pozwolą tędy.

W obszernym holu były już przygotowane napoje. Cała bateria butelek. Humor Anthony'ego Marstona poprawił się nieco. Rozmyślał właśnie, w jak dziwacznym miejscu się znalazł. To nie w jego stylu. Co też myślał sobie stary Borsuk, narażając go na coś takiego? Szczęściem napoje były na poziomie. Nie zapomniano też o lodzie.

Ale co ten służący gada?

Że Owenowie przyjadą dopiero jutro, że coś im przeszkodziło. Wszelkie polecenia zostały wydane... jeśli zechcą rozgościć się w swych pokojach... obiad będzie podany o ósmej wieczorem.

V

Vera udała się za panią Rogers na górę. Kobieta otworzyła szeroko drzwi na końcu korytarza i Vera weszła do ślicznego pokoju z dużym oknem wychodzącym na morze i drugim – na wschód.

Kucharka zapytała:

– Mam nadzieję, że niczego pani nie potrzeba?

Vera rozejrzała się po pokoju. Jej walizy były wniesione i rozpakowane, z boku otwarte drzwi prowadziły do łazienki wyłożonej niebieskimi kafelkami.

– Nie, dziękuję, wszystko jest w porządku.

– Gdyby pani czegoś potrzebowała, proszę zadzwonić.

Pani Rogers miała płytki, monotonny głos. Vera spojrzała na nią z zaciekawieniem. Cóż to za blade, bezkrwiste stworzenie! Poza tym wygląda bardzo porządnie w czarnej sukience, z włosami gładko zaczesanymi do tyłu. Tylko jej dziwne, latające oczy ani chwili nie spoczęły na jednym miejscu.

Vera pomyślała, że robi wrażenie, jakby się bała własnego cienia.

Tak, robiła wrażenie przerażonej! Wyglądała jak ogarnięta śmiertelną trwogą... Przez plecy Very przeszedł dreszcz. Czegoż, na Boga, ta kobieta tak się boi?

Zagadnęła ją uprzejmie:

– Jestem nową sekretarką pani Owen. Przypuszczam, że wie pani o tym?

– Nie, proszę pani, ja nic nie wiem – odpowiedziała kucharka. – Wiem tylko, jakie pokoje mają państwo zająć.

– Jak to, pani Owen nic o mnie nie wspomniała?

Powieki pani Rogers zatrzepotały.

– Nie widziałam jeszcze pani Owen. Jestem tu dopiero od dwóch dni.

„Cóż to za ludzie ci Owenowie?" – pomyślała Vera.

– A ile jest tu zatrudnionej służby?

– Tylko ja i mój mąż, proszę pani.

Vera zmarszczyła brwi. Osiem osób w willi, dziesięć razem z gospodarzami, i tylko dwoje służby?

– Jestem dobrą kucharką – rzekła pani Rogers – a mój mąż zajmie się wszystkim. Nie spodziewaliśmy się, oczywiście, że aż tylu gości przyjedzie.

– Czy da pani sobie radę?

– Z pewnością, a zresztą może pani Owen zgodziłaby się przydzielić mi pomoc, gdyby częściej zjeżdżało się tu dużo gości.

– Przypuszczam, że tak – odpowiedziała Vera.

Kucharka odwróciła się. Jej nogi bezszelestnie poruszały się po podłodze. Wysunęła się z pokoju jak cień.

Vera podeszła do okna i usiadła na parapecie. Była trochę zaniepokojona. Wszystko to wyglądało dość dziwnie.

Nieobecność Owenów, ta blada, podobna do ducha kucharka. I goście! Tak, goście byli też jacyś niesamowici. Cóż za dziwna zbieranina.

„Chciałabym już wreszcie zobaczyć tych Owenów. Przekonać się, co to za ludzie" – myślała.

Zeskoczyła z okna i spacerowała niespokojnie po pokoju. Wspaniała sypialnia, nowocześnie urządzona. Jasne kilimki na błyszczącym parkiecie, dyskretnie malowane ściany, duże lustro w obramowaniu żarówek. Na pozbawionym ozdób kominku olbrzymia bryła białego marmuru, która kształtem przypominała niedźwiedzia, współczesna rzeźba z ukrytym wewnątrz zegarem. Nad nią w chromowanej ramce wisiał jakiś wydrukowany wiersz. Stanęła przed kominkiem i zaczęła czytać. Był to stary wierszyk, który pamiętała z lat dziecinnych:

Raz dziesięciu żołnierzyków
Pyszny obiad zajadało,
Nagle jeden się zakrztusił –
I dziewięciu pozostało.

Tych dziewięciu żołnierzyków
Tak wieczorem balowało,
Że aż jeden rano zaspał –
Ośmiu tylko pozostało.

Ośmiu dziarskich żołnierzyków
Po Devonie wędrowało,
Jeden zostać chciał na zawsze...
No i właśnie tak się stało.

Siedmiu żołnierzyków zimą
Do kominka drwa rąbało,
Jeden zaciął się siekierą –
Sześciu tylko pozostało.

Sześciu wkrótce znęcił miodek;
Gdy go z ula podbierali,
Pszczoła ukłuła jednego
I tylko w piątkę zostali.

Pięciu sprytnych żołnierzyków
W prawie robić chce karierę;
Jeden już przymierzył togę...
I zostało tylko czterech.

Czterech dzielnych żołnierzyków
Raz po morzu żeglowało;
Wtem wychynął śledź czerwony,
Zjadł jednego, trzech zostało.

Trójka miłych żołnierzyków
Zoo sobie raz zwiedzała;
Gdy jednego ścisnął niedźwiedź –
Dwójka tylko pozostała.

Dwóch się w słonku wygrzewało
Pod błękitnym, czystym niebem,
Ale słońce tak przypiekło,
Że pozostał tylko jeden.

A ten jeden, ten ostatni
Tak się przejął dolą srogą,
Że aż z żalu się powiesił,
I nie było już nikogo.*

Vera uśmiechnęła się. Oczywiście. Przecież to Wyspa Żołnierzyków!

---

* Przełożyła Anna Bańkowska.

Podeszła znowu do okna, usiadła i obserwowała morze. Jakie jest ogromne! Z tej strony nie widać było lądu, jedynie bezmiar niebieskiej, falującej wody w blasku zachodzącego słońca.

Morze... takie spokojne dziś – a czasami tak okrutne... Morze, które wciąga cię w swe głębiny. Utopiony... znaleziono go utopionego... utopionego w morzu... utopionego... utopionego... utopionego...

Nie, nie powinna tego wspominać... musi zapomnieć. Wszystko już minęło.

VI

Doktor Armstrong przybył na wyspę prawie o zachodzie słońca. Podczas drogi starał się gawędzić z przewoźnikiem – mieszkańcem wioski. Pragnął dowiedzieć się czegoś bliższego o właścicielach Wyspy Żołnierzyków, ale ten Narracott albo był źle poinformowany, albo nie chciał mówić. Nie pozostało nic innego, jak rozmawiać na temat rybołówstwa i pogody.

Był zmęczony po długiej jeździe samochodem. Bolały go oczy. Jadąc na zachód, ma się cały czas słońce przed sobą.

Tak, był porządnie zmęczony. Morze i absolutna cisza... tego potrzebował. Powinien naprawdę wziąć dłuższy urlop. Ale nie mógł sobie na to pozwolić. Nie ze względów finansowych oczywiście. Nie mógł wyrwać się z trybów machiny, którą sam uruchomił. Gdy się już raz wreszcie zdobyło powodzenie, nie można dopuścić do utraty pacjentów. „Wszystko jedno, dzisiejszego wieczoru chciałbym mieć pewność, że nie wrócę... że zerwałem z Londynem, z Harley Street i z całym tym młynem" – pomyślał.

Pobyt na wyspie ma w sobie coś magicznego, coś ze świata fantazji. Jest się tu w jakimś własnym świecie, odciętym od otaczającej rzeczywistości. W świecie, z którego można już nigdy nie wrócić. Marzył, że zostawia za sobą swoje codzienne życie.

Śmiejąc się do siebie samego, zaczął robić plany na przyszłość, fantastyczne projekty. Był ciągle jeszcze uśmiechnięty, gdy wstępował na kamienne schodki.

Na górze zobaczył siedzącego w fotelu starszego pana, którego sylwetka wydawała mu się znajoma. Gdzież on widział tę żabią twarz, głowę osadzoną na karku żółwia, lekko pochylony tułów – tak, i te blade, przenikliwe oczy? Oczywiście – stary Wargrave. Zeznawał raz przed nim. Robił zawsze wrażenie drzemiącego, ale natychmiast ożywiał się, gdy sprawa zahaczała o jakiś paragraf. Miał wielki wpływ na ławę przysięgłych – mówiono o nim, że potrafi pokierować jej sądem według swego uznania. Udało mu się kilka razy uzyskać zaskakujący werdykt. Miał przy tym opinię „wieszającego sędziego".

Co za śmieszny przypadek, spotkać go właśnie tutaj... daleko od świata.

VII

Sędzia Wargrave pokiwał w zamyśleniu głową.

„Armstrong? Przypominam go sobie, gdy zeznawał jako świadek. Bardzo ostrożny i dokładny w zeznaniach. Wszyscy lekarze to są typy... A szczególnie ci z Harley Street".

Przypomniał sobie z niechęcią rozmowę, jaką przeprowadził niedawno na tej właśnie ulicy z pewnym lekarzem o słodkim głosie.

Odezwał się do nadchodzącego:

– Napoje są przygotowane w holu.

Doktor Armstrong odrzekł:

– Muszę przedtem złożyć moje uszanowanie gospodarzom tego domu.

Wargrave przymknął oczy i teraz zupełnie już przypominał gada.

– Tego nie będzie pan mógł zrobić.

– Jak to nie? – zapytał Armstrong zdumiony.

– Nie ma ani gospodarza, ani gospodyni tego domu. Wygląda to dość dziwnie i prawdę powiedziawszy, nie bardzo rozumiem, o co chodzi.

Armstrong wpatrywał się w niego zdumionym wzrokiem. Gdy wydawało mu się, że stary sędzia ponownie zapadł w drzemkę, Wargrave zapytał nagle:

– Czy zna pan Constance Culmington?

– Eee... nie, chyba nie.

– To bez znaczenia – rzekł sędzia. – Dziwna kobieta, a przy tym ma pismo, które trudno odcyfrować. Zastanawiam się po prostu, czy nie przybyłem do niewłaściwego domu.

Doktor Armstrong zrobił niezdecydowany ruch głową i wszedł do holu.

Sędzia rozpatrywał w myślach sprawę Constance Culmington. Nieodpowiedzialna jak wszystkie kobiety.

Potem zaczął się zastanawiać nad dwiema kobietami przebywającymi na wyspie, starą panną o wąskich wargach i młodą dziewczyną. Mniej go interesowała ta rezolutna, zimnokrwista panna. Ach, jest jeszcze żona Rogersa. Dziwne stworzenie, wygląda na śmiertelnie przerażoną. Ale ta para zna przynajmniej swój fach.

Rogers pojawił się właśnie na tarasie i sędzia zapytał:

– Czy lady Constance Culmington jest również oczekiwana?

Rogers spojrzał na niego zdumiony.

– Nic mi o tym nie wiadomo, proszę pana.

Sędzia uniósł brwi, ale nic nie powiedział. „Hm. Wszystko tu jest jakieś niejasne" – pomyślał.

VIII

Anthony Marston kąpał się w łazience. Rozkoszował się gorącą wodą, rozprężał mięśnie po długiej jeździe. Przez jego głowę nie przebiegały właściwie żadne myśli. Marston był raczej człowiekiem czynu i silnych emocji.

Pomyślał, że trzeba będzie jakoś dać sobie z tym radę i przestać przejmować się czymkolwiek.

Ciepła, parująca woda – zmęczone członki – trzeba będzie za chwilę się ogolić – potem koktajl – obiad...

A co później?

IX

Blore wiązał krawat. Nigdy nie miał w tym wprawy. Czy wygląda jak należy? Przypuszczał, że tak.

Nikt nie odnosił się do niego zbyt serdecznie... śmieszne, w jaki sposób obserwowali się nawzajem... jak gdyby wiedzieli...

Tak, nie ma zamiaru tego sknocić.

Rzucił okiem na wierszyk wiszący w ramce nad kominkiem. Co za miła niespodzianka znaleźć go tutaj!

„Przypominam sobie tę wyspę z czasów, gdy byłem jeszcze małym chłopcem. Nigdy nie przypuszczałem, że będę wykonywał na niej podobną pracę. Jak to dobrze czasami, że nie zna się swej przyszłości" – dumał.

X

Generał Macarthur skrzywił się do siebie samego.

Niech to diabli wezmą, wszystko to wygląda dziwacznie! Jest dalekie od tego, co spodziewał się tu znaleźć... Pod byle jakim pozorem powinien przeprosić i odjechać... kichnąć na ten cały interes...

Ale cóż, motorówka już odbiła.

Trzeba zostać.

Z tego Lombarda też niezły numer. Mógłby przysiąc, że to krętacz nie lada.

XI

Gdy zabrzmiał gong, Lombard otworzył drzwi swego pokoju i podszedł do klatki schodowej. Poruszał się jak pantera, zgrabnie i bezszelestnie. Miał w sobie coś ze zwierzęcia idącego na łowy. Przyjemnie było na niego patrzeć.
Uśmiechnął się do siebie.
Co?... Tydzień?
Zamierzał przyjemnie spędzić ten tydzień.

XII

Emily Brent siedziała w swoim pokoju, ubrana do obiadu w czarną jedwabną suknię, i czytała Biblię.
Jej usta poruszały się w takt czytanych słów:

Bezbożnik wpada do dziury, którą sam wykopał:
w sieć, którą zastawił, wplątała się jego własna noga.
Bóg osądzi wszystkich: grzesznicy wpadną w sidła
swych własnych rąk. Grzeszników czeka piekło.

Zacisnąwszy wargi, zamknęła Biblię.
Wstała, przypięła dużą broszkę do sukni i zeszła na obiad.

ROZDZIAŁ TRZECI

I

Obiad dobiegał końca. Jedzenie było dobre, wino wytrawne, obsługa Rogersa staranna.

Ogólny nastrój się poprawił. Rozmowy potoczyły się swobodniej, zaczęto poruszać osobiste tematy.

Sędzia Wargrave, któremu rysy złagodniały po doskonałym portwajnie, zabawiał doktora Armstronga i Anthony'ego Marstona rozmową. W słowach jego tu i ówdzie przebijała uszczypliwość. Panna Brent gawędziła z generałem Macarthurem, odkryli paru wspólnych przyjaciół. Vera Claythorne rzeczowo dyskutowała z Davisem problemy związane z Afryką Południową. Davis płynnie odpowiadał na jej pytania. Lombard przysłuchiwał się ich rozmowie. Od czasu do czasu wzrok jego ślizgał się wokół stołu; przypatrywał się innym.

Anthony Marston odezwał się nagle:

– Dość dziwne są te drobiazgi.

Pośrodku stołu, na okrągłej szklanej płytce stało kilka figurek porcelanowych.

– Żołnierzyki – rzekł. – Żołnierzyki na Wyspie Żołnierzyków. Przypuszczam, że o to chodzi.

Vera pochyliła się naprzód.

– Ciekawam, ilu ich jest?... Dziesięciu. – Nagle krzyknęła: – A to dopiero! Przecież to tych dziesięciu żołnierzyków z piosenki dla dzieci. W moim pokoju ten wierszyk wisi w ramce nad kominkiem.

Lombard wtrącił:

– W moim pokoju również.

– I w moim.

– W moim też!
Wszyscy przyłączyli się do chóru głosów.
– Dość zabawny zbieg okoliczności, nieprawda? – zauważyła Vera. Wargrave mruknął:
– Czysta dziecinada – i pociągnął łyk portwajnu.
Emily Brent spojrzała na Verę. Vera Claythorne spojrzała na Emily Brent. Obydwie wstały.
W salonie były otwarte wielkie francuskie okna na taras, skąd dochodził szum fal morskich, bijących o skały.
– Przyjemny odgłos – odezwała się panna Brent.
Vera odpowiedziała ostro:
– Nienawidzę go.
Emily Brent spojrzała na nią ze zdumieniem. Vera zarumieniła się, lecz odrzekła już spokojniej:
– Nie sądzę, by to miejsce było szczególnie przyjemne podczas burzy.
Emily przytaknęła.
– Jestem przekonana, że w zimie ten dom stoi pusty. Właściciele muszą mieć niemałe trudności z zaangażowaniem służby na tę porę roku.
– Przypuszczam, że w ogóle jest tu trudno o służbę.
– Pani Oliver miała jednak szczęście, że zatrudniła ich dwoje. Zwłaszcza kucharka jest doskonała.
„Śmieszne, że starsi ludzie muszą zawsze przekręcić nazwisko" – pomyślała Vera.
– Tak, sądzę, że pani Owen miała w tym przypadku wybitne szczęście.
Emily Brent wyjęła z torebki małą serwetkę do haftowania. Zaczęła nawlekać nić, wreszcie ostro zapytała:
– Owen? Powiedziała pani: Owen?
– Tak.
Panna Brent poruszyła się nerwowo.
– Nigdy w życiu nie spotkałam kogoś, kto by nazywał się Owen.

Vera spojrzała na nią ze zdziwieniem.

– Ależ na pewno...

Nie zdążyła dokończyć zdania. Drzwi otwarły się i mężczyźni przyłączyli się do ich towarzystwa. Rogers postępował za nimi z filiżankami czarnej kawy na tacy. Sędzia usiadł obok panny Brent, Armstrong podszedł do Very, a Tony Marston do okna. Blore przyglądał się z wyrazem zdumienia figurce z brązu, jak gdyby starał się odgadnąć, czy jej dziwne kształty mają wyobrażać postać kobiety. Generał Macarthur oparł się o kominek, targając ręką biały wąs. Do diabła, świetny obiad! Jego samopoczucie poprawiło się. Lombard przerzucał „Puncha", który leżał na stoliku przy ścianie. Rogers obchodził wszystkich z tacą. Kawa była dobra, naprawdę czarna i bardzo gorąca.

Po tak doskonałym obiedzie wszyscy byli zadowoleni z siebie i z życia. Wskazówki zegara wskazywały dwadzieścia po dziewiątej. Nastąpiła cisza pełna spokoju.

W tę ciszę wdarł się nagle głos. Bez żadnego uprzedzenia, przenikliwy, sztuczny.

– Panie i panowie! Proszę o ciszę!

Wszyscy poruszyli się nerwowo. Obejrzeli się wokoło, spojrzeli na siebie, na ściany... Kto to mówi?

Czysty i wysoki głos zabrzmiał znowu:

– Wszyscy jesteście postawieni w stan oskarżenia:

Edward George Armstrong jest odpowiedzialny za spowodowanie śmierci Louisy Marii Clees w dniu 14 marca 1925 roku.

Emily Carolin Brent przyczyniła się do śmierci Beatrix Taylor 5 listopada 1931 roku.

William Henry Blore spowodował śmierć Jamesa Stephena Landora 10 października 1928 roku.

Vera Elisabeth Claythorne zabiła 11 sierpnia 1935 roku Cyrila Ogilvie Hamiltona.

Philip Lombard w lutym 1932 roku spowodował śmierć dwudziestu jeden mężczyzn, wojowników jednego ze szczepów wschodniej Afryki.

John Gordon Macarthur rozmyślnie spowodował śmierć kochanka swej żony, Arthura Richmonda, 14 stycznia 1917 roku.

Anthony James Marston zabił 14 listopada ubiegłego roku Johna i Lucy Combes.

Thomas i Ethel Rogers są odpowiedzialni za śmierć Jennifer Brady, która umarła 6 maja 1929 roku.

Lawrence John Wargrave jest winny morderstwa popełnionego na Edwardzie Setonie 10 czerwca 1930 roku.

Oskarżeni, którzy stoicie przed trybunałem! Czy możecie powiedzieć coś na swoje usprawiedliwienie?

II

Głos ucichł.

Zapadła śmiertelna cisza, którą przerwał nagły hałas. Rogers upuścił tacę.

W tym samym czasie gdzieś z zewnątrz dał się słyszeć krzyk oraz głuchy odgłos.

Pierwszy zerwał się Lombard. Podbiegł do drzwi i gwałtownie je otworzył. Na podłodze leżała w skulonej pozycji pani Rogers.

– Marston! – zawołał.

Anthony skoczył mu na pomoc. Wspólnie podźwignęli nieprzytomną i zanieśli ją do salonu.

Doktor Armstrong szybko podążył za nimi. Pomógł ułożyć panią Rogers na kanapie i nachylił się nad nią. Po chwili rzekł:

– Nic jej nie jest. Po prostu zemdlała. Za minutę przyjdzie do siebie.

Lombard zwrócił się do Rogersa:

– Proszę przynieść kieliszek brandy.

Rogers był blady, ręce mu się trzęsły.

– Tak jest – wymamrotał i szybko wyśliznął się z pokoju.

Vera krzyknęła:

– Kto to mówił? Gdzie on był? To brzmiało... to brzmiało jak...

Generał Macarthur wybełkotał:

– Co tu się dzieje? Co to za dziwny rodzaj żartów?

Jego ręka drgnęła, ramiona mu opadły. Robił wrażenie postarzałego o dziesięć lat.

Blore wycierał twarz chusteczką.

Jedynie sędzia Wargrave i panna Brent wydawali się stosunkowo mało poruszeni. Emily Brent siedziała sztywno, wysoko trzymając głowę. Na jej policzki wystąpiły czerwone plamy. Sędzia przybrał swą zwykłą pozę, głowę miał nisko opuszczoną. Ręką delikatnie pocierał ucho. Tylko w jego błyszczących, inteligentnych oczach malowało się zakłopotanie.

Lombard, który pozostawił zemdloną opiece doktora Armstronga, przejął inicjatywę.

– Ten głos? Brzmiał, jakby dochodził z sąsiedniego pokoju – rzekł.

Vera zapytała zdenerwowana:

– Ale któż to mógł być? Kto to był? Przecież to nikt z nas!

Lombard, podobnie jak sędzia, powiódł wolno wzrokiem wzdłuż ścian. Przez dłuższą chwilę wpatrywał się w otwarte okno, po czym stanowczo kiwnął głową. Nagle jego oczy zabłysły. Zerwał się i podbiegł do drzwi obok kominka, które prowadziły do sąsiedniego pokoju. Szybkim ruchem chwycił za klamkę i otworzył drzwi na oścież. Wszedł do środka i natychmiast wydał okrzyk zadowolenia:

– A więc tu go mamy!

Inni tłumnie ruszyli za nim. Jedynie panna Brent pozostała samotna, siedząc wyprostowana na krześle.

W drugim pokoju, przy ścianie dzielącej go od salonu, znajdował się stół. Na nim stał gramofon, przestarzały model z tubą. Jej otwór przylegał do ściany. Lombard odsunął gramofon i pokazał trzy niewielkie dziury, które ktoś wywiercił w sposób nierzucający się w oczy.

Nakręciwszy gramofon, położył igłę na płycie i natychmiast usłyszeli ponownie:

– Wszyscy jesteście postawieni w stan oskarż...

Vera krzyknęła:

– Proszę zatrzymać! Wyłączyć! To straszne!

Lombard usłuchał.

Armstrong westchnął z ulgą.

– Jakiś haniebny i do tego głupi żart.

Sędzia Wargrave cicho zapytał:

– Czy pan naprawdę sądzi, że to był żart?

Doktor spojrzał na niego ze zdziwieniem.

– A cóż mogłoby to być innego?

Sędzia delikatnie powiódł dłonią po górnej wardze.

– Trudno mi w tej chwili wyrazić sąd w tej sprawie.

Anthony Marston zawołał nagle:

– Ale pomyślcie: jedna rzecz uszła naszej uwagi. Co za diabeł włączył ten gramofon?

– Tak, nad tym należałoby się zastanowić – mruknął sędzia.

Odwrócił się i wszedł do salonu. Inni ruszyli za nim.

Rogers powrócił tymczasem z kieliszkiem brandy. Emily Brent pochyliła się nad jęczącą cicho panią Rogers.

Rogers zręcznie wśliznął się pomiędzy obie kobiety.

– Przepraszam panią... chciałem jej coś powiedzieć. Ethel... Ethel... już wszystko dobrze. Czy słyszysz?... Opamiętaj się!

Kobieta oddychała z trudem. Patrzyła przerażona wokoło. Jej wzrok przechodził z jednej twarzy na drugą. W głosie Rogersa brzmiało zniecierpliwienie.

– Ethel... opanuj się wreszcie!

Doktor Armstrong zwrócił się do niej łagodnie:
- W tej chwili wszystko jest już w porządku. Uległa pani małemu zamroczeniu.
- Czy zemdlałam? – zapytała.
- Tak.
- To ten głos, ten okropny głos, jak gdyby sąd...
Przerwał jej doktor:
- Gdzie jest brandy?

Rogers postawił kieliszek na małym stoliku, ktoś podał go doktorowi, który nachylił się nad chorą łapiącą z trudem powietrze.
- Niech pani to wypije, pani Rogers.

Wypiła, krztusząc się trochę. Alkohol dodał jej sił, kolory powróciły na twarz.
- Teraz czuję się zupełnie dobrze. To postawiło mnie na nogi.
- Oczywiście, że tak – rzekł Rogers. – Mnie również jeden łyk przywrócił równowagę. Ze strachu upuściłem tacę. Przeklęte kłamstwo i tyle. Chciałbym wiedzieć...

Nagle umilkł. To tylko kaszel, suchy kaszel sędziego Wargrave przerwał mu w pół zdania. Spojrzał na sędziego, który znowu zakaszlał i wreszcie spytał:
- Kto położył płytę na gramofon? Czy to nie przypadkiem wy, Rogers?

Rogers zawołał:
- Ja nie wiedziałem, co to jest! Klnę się na Boga, proszę pana, że nie wiedziałem, co to było. Gdybym wiedział, na pewno bym tego nie uczynił.

Sędzia rzekł oschle:
- Przypuśćmy, że to prawda. Lepiej jednak byłoby, gdybyście to nam wytłumaczyli.

Służący wytarł twarz chustką. Odparł z powagą:
- Wykonałem tylko, proszę pana, polecenie. To wszystko.
- Czyje polecenie?
- Pana Owena.

Sędzia Wargrave zażądał:
- Proszę nam to opowiedzieć bardziej szczegółowo. Jak brzmiało polecenie pana Owena?
- Miałem założyć płytę gramofonową. Znalazłem ją w szufladzie, a moja żona miała puścić gramofon po wniesieniu przeze mnie czarnej kawy do salonu.
- Zastanawiająca historia – mruknął sędzia.

Rogers zwrócił się do niego podniesionym głosem:
- To prawda, proszę pana. Przysięgam na Boga, że to prawda. Nie przypuszczałem ani przez moment, co to będzie. Ta płyta miała normalny napis, myślałem, że to jakiś muzyczny kawałek.

Wargrave spojrzał na Lombarda.
- Czy płyta miała tytuł?

Lombard skinął głową. Uśmiechnął się przy tym ironicznie, pokazując białe, ostre zęby.
- Zgadza się. Była zatytułowana: *Łabędzi śpiew*.

III

Generał Macarthur wybuchnął nieoczekiwanie:
- Ta cała historia jest niedorzeczna, zupełnie niedorzeczna. Rzucać oskarżenia w podobny sposób. Coś należy postanowić. Ten Owen, kimkolwiek jest...
- Właśnie, kto to jest? – przerwała mu ostro Emily Brent.

Sędzia zaczął mówić z powagą nabytą podczas długiego okresu praktyki sądowej:
- Jest to sprawa, którą musimy dokładnie przedyskutować. Proponuję, by Rogers odprowadził żonę do łóżka. Potem wrócicie do nas.
- Tak jest, proszę pana.

Doktor Armstrong zwrócił się do niego:
- Pomogę wam, Rogers.

Podtrzymywana przez obydwu mężczyzn, pani Rogers wyszła chwiejnym krokiem. Gdy opuścili pokój, zabrał głos Tony Marston:

– Nie wiem jak panowie, ale ja bym się chętnie czegoś napił.

– I ja także – zawtórował Lombard.

Tony wstał.

– Idę po coś mocniejszego – i wyszedł z pokoju.

Po chwili wrócił.

– Wszystko to czekało na tacy.

Ostrożnie postawił tacę na stole. Kilka minut upłynęło na rozlewaniu trunków. Generał Macarthur oraz sędzia nalali sobie czystej whisky. Każdy odczuwał potrzebę wypicia czegoś pobudzającego. Jedynie Emily Brent poprosiła o szklankę wody.

Doktor Armstrong wszedł do pokoju.

– Czuje się już zupełnie dobrze. Dałem jej środek uspokajający. – Spojrzał na kieliszki. – Co widzę, alkohol? Chętnie napiję się z wami.

Mężczyźni ponownie napełnili kieliszki. W chwilę później zjawił się Rogers.

Sędzia Wargrave przystąpił do rzeczy. Pokój zmienił się w małą salę rozpraw.

– No, Rogers – odezwał się sędzia – musimy rozpocząć od nitki, by dojść do kłębka. Kto to jest pan Owen?

Rogers wytrzeszczył oczy.

– Jest właścicielem tego domu, proszę pana.

– Ta rzecz jest mi wiadoma. Chciałbym przede wszystkim usłyszeć od was, co wy wiecie o tym człowieku.

Rogers potrząsnął głową.

– Nic nie mogę powiedzieć, proszę pana. Nigdy go nie widziałem.

Nastąpiło małe poruszenie.

Generał Macarthur zapytał:

– Wyście go nigdy nie widzieli? Hm... cóż to znowu ma znaczyć?

– Jesteśmy tu dopiero od tygodnia, proszę pana, moja żona i ja. Zostaliśmy zaangażowani listownie za pośrednictwem agencji. Agencja Regina w Plymouth.

Blore potwierdził:

– Znana, stara firma.

Wargrave indagował dalej:

– Czy macie ten list?

– List, w którym nas zaangażowano? Nie zabrałem go.

– No i co dalej? Przecież, jak mówicie, zostaliście zaangażowani listownie.

– Tak jest, proszę pana, mieliśmy się tutaj zjawić w oznaczonym dniu. Tak też uczyniliśmy. Wszystko tu było przygotowane. Spiżarnia pełna jedzenia i w ogóle wszystko pierwszorzędnie. Trzeba było tylko trochę odkurzyć mieszkanie.

– No i co dalej?

– Nic, proszę pana. Otrzymaliśmy znowu polecenie, i tym razem listownie, by przygotować pokoje dla gości. A wczoraj po południu poczta przyniosła jeszcze jeden list od pana Owena. Było w nim napisane, że jego i panią Owen coś zatrzymało i nie mogą przyjechać, a my mamy robić wszystko, co do nas należy. Były tam też wskazówki co do obiadu i czarnej kawy, no i puszczenia tej płyty.

Sędzia zapytał ostrożnie:

– Oczywiście ten list macie przy sobie?

– Tak jest, proszę pana, mam go.

Wyjął list z kieszeni i podał sędziemu.

– Hm... w nagłówku Hotel Ritz... i pisany na maszynie.

Blore zerwał się i szybko podszedł do niego.

– Jeśli pan pozwoli, chciałbym obejrzeć ten list.

Przebiegł go wzrokiem.

– Walizkowa maszyna do pisania, prawie nowa. Bez usterek. Cechowany papier, najpospolitszy w użyciu. Z tego nic nie można się zorientować. Możliwe, że są odciski palców, ale wątpię.

Wargrave obserwował go z uwagą.

Anthony Marston stał obok Blore'a i zaglądał mu przez ramię.

– Jakie on ma dziwne imiona, prawda? – odezwał się. – Ulick Norman Owen...

Stary sędzia zastanowił się i rzekł do Marstona:

– Jestem panu bardzo zobowiązany. Zwrócił pan moją uwagę na pewien ważny i ciekawy szczegół.

Spojrzał dookoła i wysunąwszy głowę naprzód jak zagniewany żółw, zaapelował do wszystkich:

– Nadeszła pora, byśmy po kolei wypowiedzieli się w tej sprawie. Myślę, że będzie najlepiej, jeśli każdy z nas udzieli informacji, co wie o właścicielu tego domu. – Przerwał na chwilę. – Jesteśmy wszyscy jego gośćmi. Sądzę, że nie bez korzyści będzie, jeśli każdy z nas opowie, czemu zawdzięcza swoje przybycie tutaj.

Przez pewien czas panowała cisza, aż wreszcie Emily Brent przemówiła stanowczym głosem:

– Jeżeli chodzi o mnie, sprawa przedstawia się dość osobliwie. Otrzymałam list z podpisem, którego nie mogłam odcyfrować. Sądziłam, że jest od znajomej, którą poznałam na wakacjach dwa czy trzy lata temu. Przypuszczałam, że nazwisko brzmi Ogden czy Oliver. Znam pannę Ogden i panią Oliver. Jestem przekonana, że nigdy nie spotkałam ani nie przyjaźniłam się z osobą nazwiskiem Owen.

Sędzia Wargrave zapytał:

– Czy ma pani ten list?

– Tak, zaraz go przyniosę.

Wyszła i po chwili wróciła z listem.

Sędzia przeczytał go i powiedział:

– Zaczynam rozumieć. A pani, panno Claythorne?

Vera odpowiedziała, w jakich okolicznościach została zaangażowana jako sekretarka.

– A pan Marston? – zapytał z kolei sędzia.

Anthony wytłumaczył:

– Otrzymałem telegram od mego kumpla, Borsuka Berkeleya. W pierwszej chwili byłem zdumiony, gdyż sądziłem, że ten stary koń wyjechał do Norwegii. Namawiał mnie, bym tu przyjechał.

Wargrave ponownie skinął głową.

– Doktor Armstrong?

– Zostałem wezwany jako lekarz.

– Domyśliłem się tego. Czy pan znał przedtem tę rodzinę?

– Nie. W liście powołano się na jednego z moich kolegów.

– Zapewne po to, by uczynić wezwanie bardziej prawdopodobnym... A ten kolega, przypuszczam, nie kontaktował się z panem ostatnio.

– Eee... Hm, istotnie, dawno go nie widziałem.

Lombard, który wpatrywał się w Blore'a, rzekł nagle:

– A ja chciałem zwrócić na coś uwagę...

Sędzia podniósł rękę.

– Za chwilę.

– Ale ja...

– Musimy najpierw z jednym skończyć, panie kapitanie. W tej chwili badamy okoliczności, dzięki którym znaleźliśmy się tutaj dziś wieczorem. A jak z panem było, panie generale?

Szarpiąc wąs, generał odpowiedział:

– Otrzymałem list od tego Owena... była w nim wzmianka o starych znajomych, których miałem tu spotkać... przepraszał za niekonwencjonalną formę zaproszenia. Przykro mi, ale listu nie zachowałem.

Wargrave zwrócił się do Lombarda:

– A pan?

Umysł Lombarda działał szybko. Czy powiedzieć prawdę, czy nie? Wreszcie się zdecydował.

— Podobna sprawa. Zaproszenie, wzmianka o wspólnych przyjaciołach. Dałem się nabrać. List podarłem.

Z kolei sędzia spojrzał na Blore'a.

Wskazującym palcem gładził górną wargę, w głosie jego brzmiała niebezpieczna nutka.

— Istnieje jeszcze jedna niepokojąca okoliczność. Ten głos wymieniał nasze nazwiska oraz wypowiadał konkretne oskarżenia. Oskarżeniami zajmiemy się później. Teraz chciałbym zwrócić uwagę na pewien drobny szczegół. Między innymi zostało wymienione nazwisko Williama Henry'ego Blore'a. O ile mi wiadomo, nikt z nas nie nosi tego nazwiska. Natomiast nie było wymienione nazwisko Davis. Co pan o tym powie, panie Davis?

Blore odrzekł markotnie:

— Karty na stół. Przypuszczam, iż lepiej będzie się przyznać, że nie nazywam się Davis.

— Więc pan jest Williamem Henrym Blore'em?

— Tak.

— Chciałbym jeszcze coś dodać — wtrącił Lombard. — Nie tylko wystąpił pan pod fałszywym nazwiskiem, ale — jak to zauważyłem dziś wieczór — umie pan pierwszorzędnie bujać. Powrócił pan jakoby z Afryki Południowej, z Natalu. Znam doskonale te okolice i mógłbym przysiąc, że pańska noga nigdy tam nie postała.

Oczy wszystkich skierowały się na Blore'a. Złe, podejrzliwe oczy. Anthony Marston zbliżył się do niego. Jego pięści same się zacisnęły.

— No i cóż, świntuchu — rzekł — jak się wytłumaczysz?

Blore cofnął głowę i wysunął kwadratową szczękę.

— Panowie, jesteście w błędzie. Mam listy uwierzytelniające. Możecie je zobaczyć. Pracowałem przedtem w policji kryminalnej. Obecnie prowadzę biuro detektywistyczne w Plymouth. Zostałem po prostu zaangażowany tutaj do pracy.

Sędzia Wargrave zapytał:
- Przez kogo?
- Przez tego Owena. List zawierał przekaz na zupełnie przyzwoitą sumkę na wydatki oraz instrukcje dotyczące mego zajęcia. Miałem zjawić się tutaj jako gość. Otrzymałem listę zaproszonych. Miałem was wszystkich pilnować.
- Z jakiego powodu?

Blore odrzekł cierpko:
- Klejnoty pani Owen. Do diabła z panią Owen!... Nie wierzę w ogóle, że taka osoba istnieje.

Palec sędziego znowu pogładził wargę.
- Tak, pańskie wnioski wydają się uzasadnione – rzekł sędzia, tym razem z aprobatą. – Ulick Norman Owen! W liście panny Brent, choć nazwisko nabazgrane jest w sposób ledwo czytelny, imiona dają się nieźle odcyfrować... Una Nancy... W obu wypadkach te same inicjały. Ulick Norman Owen... Una Nancy Owen... a więc za każdym razem U.N. Owen. Przy odrobinie fantazji unknown*.
- Ale przecież to fantazja... szaleństwo – zawołała Vera.

Sędzia łagodnie skinął głową.
- Tak jest. Jeśli chodzi o mnie, nie mam najmniejszej wątpliwości, że zostaliśmy zaproszeni tu przez szaleńca – i to prawdopodobnie szaleńca o morderczych instynktach.

---

* Gra słów: po angielsku U.N. Owen wymawia się podobnie jak *unknown* (nieznany).

ROZDZIAŁ CZWARTY

I

Nastała chwila ciszy. Ciszy pełnej konsternacji i niepokoju. Sędzia mówił dalej, jasno, z precyzją:
– Teraz przejdźmy do następnego etapu śledztwa. Przedtem chciałbym jeszcze uzupełnić wypowiedzi państwa własnym zeznaniem.
Wyjął z kieszeni list i położył go na stole.
– Ma to być niby-zaproszenie od jednej z moich bardzo dobrych znajomych, lady Constance Culmington. Nie widziałem jej parę lat. Wyjechała na Wschód. List pisany typowym dla niej rozwlekłym, niejasnym stylem, zachęcający mnie do przyjazdu tutaj i mętnie określający, kim są jej gospodarze. Zechcą państwo zauważyć, że ciągle stosowana jest ta sama technika. Wspominam o tym, gdyż, jak dotąd, wszystko wskazuje na jeden ciekawy fakt. Nie ulega mianowicie wątpliwości, że osoba, która nas tu zaprosiła, bez względu na to, kim jest, znała albo też zadała sobie niemało trudu, aby zapoznać się z wieloma szczegółami z naszego życia. Nie wiem, kto to jest. Ale ten ktoś wie doskonale o mojej przyjaźni z lady Constance i zna styl jej listów. Wie coś niecoś o kolegach doktora Armstronga i ich obecnym miejscu pobytu. Zna przezwisko przyjaciela pana Marstona i sposób, w jaki zwykł telegrafować. Wie dokładnie, gdzie panna Brent była przed dwoma laty na wakacjach i jakie osoby tam poznała. Wie dużo o starych kompanach generała Macarthura.

Przerwał.
– Jak państwo widzą, wie o nas sporo. Ale poza tym słyszeliśmy również konkretne, przeciwko nam skierowane oskarżenia.

Natychmiast wybuchł gwar głosów.
Generał Macarthur wrzasnął:
– Stek podłych kłamstw! Oszczerstwa!
Vera krzyknęła:
– To niecne! – Zabrakło jej tchu. – Niegodziwe!
Rogers rzekł chrapliwie:
– Kłamstwo, podłe kłamstwo... myśmy tego nie zrobili... żadne z nas.
Anthony Marston warknął:
– Nie wiem, co ten przeklęty idiota miał na myśli.
Podniesiona ręka Wargrave'a położyła kres wrzawie. Odezwał się, starannie dobierając słowa.
– Chciałbym coś powiedzieć. Nasz nieznany przyjaciel oskarża mnie o spowodowanie śmierci Edwarda Setona. Doskonale przypominam sobie Setona. Stawał przede mną w sądzie w czerwcu 1930 roku, oskarżony o zamordowanie starej kobiety. Miał doskonałego obrońcę. Na sędziach przysięgłych zrobił korzystne wrażenie. Niemniej, jak wynikało ze śledztwa, był na pewno winny. Zgodnie z tym wydałem wyrok, który został zatwierdzony przez ławę przysięgłych. Adwokat wniósł apelację, kwestionując błędy proceduralne. Apelację odrzucono i wyrok został wykonany. Chciałem państwu oświadczyć, że mam zupełnie czyste sumienie. Wypełniłem jedynie mój obowiązek i nic więcej. Zgodnie z prawem wydałem wyrok na zbrodniarza, któremu udowodniono winę.

Armstrong teraz sobie przypomniał. Słynna sprawa Setona! Wyrok był dla wszystkich dużą niespodzianką. W czasie rozprawy spotkał w jednej z restauracji adwokata Matthewsa. Przy obiedzie Matthews był bardzo rozmowny. „Nie ulega wątpliwości, że zapadnie wyrok uniewinniający" – mówił. W parę dni później doktor usłyszał komentarz: „Sędzia zawziął się na niego. Okręcił sobie sąd dookoła palca i uznali winę Setona. Oczywiście, zgodnie z prawem. Stary Wargrave zna literę prawa. Ale wszystko wygląda na to, że ma osobistą urazę do Setona".

Wszystkie te wspomnienia odżyły w pamięci Armstronga. Całkiem bez zastanowienia, pod wpływem impulsu zapytał:

– Czy znał pan Setona? Mam na myśli okres poprzedzający rozprawę.

Żabie oczy sędziego spojrzały na doktora. Odpowiedział spokojnym, zimnym głosem:

– Seton był mi nieznany przed rozprawą.

Armstrong pomyślał: „Ten stary krętacz kłamie. Wiem, że kłamie".

II

Vera Claythorne odezwała się drżącym głosem:

– Chciałabym państwu opowiedzieć o tym dziecku, Cyrilu Hamiltonie. Byłam jego wychowawczynią. Lekarz zabronił mu wypływać zbyt daleko. Pewnego razu, gdy byłam zajęta czymś innym, oddalił się od brzegu. Zaraz popłynęłam za nim... Nie mogłam jednak zdążyć na czas... To było straszne... Ale to nie moja wina! Po przesłuchaniu sędzia śledczy mnie uniewinnił. A matka dziecka... była taka miła. Jeśli nawet ona mnie nie potępiła, dlaczego... dlaczego te straszne słowa zostały wypowiedziane? To nie jest uczciwe... to nie jest słuszne.

Załamała się i wybuchnęła gorzkim płaczem.

Generał Macarthur dotknął jej ramienia. Rzekł:

– Spokojnie, spokojnie, droga pani. Oczywiście, że to nieprawda. To jakiś obłąkaniec. Wariat. Ma źle w głowie. Brak mu piątej klepki. – Stanął wyprostowany i ciągnął dalej: – Najlepiej nie odpowiadać na podobne bzdury. Chociaż poczuwam się do obowiązku wyjaśnienia państwu, że krzty prawdy... krzty prawdy nie było w tym, co dotyczyło...

hm... młodego Arthura Richmonda. Richmond był jednym z moich oficerów. Wysłałem go na rekonesans. Został zabity. Normalny bieg wypadków na wojnie. Jestem oburzony na to nikczemne szkalowanie imienia mej żony. Najlepsza kobieta na świecie. Prawdziwa żona Cezara.

Generał Macarthur usiadł. Drżącą ręką szarpał wąsy. Dużo go kosztowało powiedzenie tego wszystkiego.

Głos zabrał Lombard. Oczy miał rozbawione.

– Jeśli chodzi o tych krajowców...

Marston zapytał:

– No i co z nimi?

Lombard odparł z uśmiechem:

– Prawie że się zgadza. Zostawiłem ich. Była to kwestia samoobrony. Zagubiliśmy się w dżungli. Ja i paru moich towarzyszy, zabrawszy resztki żywności, pozostawiliśmy ich własnemu losowi.

Generał Macarthur zapytał surowo:

– Pan opuścił swych podwładnych? Skazał ich na śmierć głodową?

Lombard odrzekł:

– Nie, tu nie chodzi o stosunek białego człowieka do kolorowych, tak sądzę. Ale samoobrona jest pierwszym obowiązkiem mężczyzny. Poza tym, jak pan wie, tubylcy niewiele robią sobie ze śmierci. Zapatrują się na nią inaczej niż Europejczycy.

Vera odjęła ręce od twarzy. Rzekła, patrząc na niego:

– Pan ich zostawił, by zginęli?

– Zostawiłem ich, by zginęli. – Rozbawionymi oczami wpatrywał się w jej przerażoną twarz.

Anthony Marston odezwał się spokojnym, zagadkowym głosem:

– Właśnie myślałem o Lucy i Johnie Combes. Para dzieciaków, którą najechałem niedaleko Cambridge. Fatalny pech.

Sędzia Wargrave zapytał kwaśno:
— Dla nich czy dla pana?
Anthony odrzekł:
— Tak... właściwie myślałem, że dla mnie, ale... naturalnie ma pan rację, to był przeklęty pech dla nich. Oczywiście to czysty przypadek. Nagle wypadli zza węgła jakiejś willi. Na przeciąg roku odebrano mi prawo jazdy. Niech to diabli wezmą!
— Zbyt wielkie szybkości — zauważył doktor Armstrong — są zawsze ryzykowne. Młodzi ludzie jak pan stanowią groźbę dla społeczeństwa.

Anthony wzruszył ramionami.
— Gdzie w dzisiejszych czasach można szybko jeździć? Angielskie szosy są beznadziejne. Trudno utrzymać na nich przyzwoite tempo.

Obejrzał się za szklaneczką, wziął ją ze stołu. Podszedł do bocznego stolika i nalał sobie jeszcze jedną porcję whisky z wodą sodową. Powiedział przez ramię:
— W każdym razie to nie była moja wina. Czysty przypadek.

III

Rogers zwilżył wargi, zaciskając splecione palce. Odezwał się głosem pełnym uszanowania:
— Chciałbym, proszę pana, powiedzieć słówko.
— Śmiało, Rogers — rzekł Lombard.

Rogers przełknął ślinę i przesunął jeszcze raz językiem po suchych wargach.
— Była tu wzmianka, proszę pana, o mnie i mojej żonie. I o pannie Brady. Nie ma w tym słowa prawdy, proszę pana. Ja i moja żona służyliśmy u panny Brady aż do jej śmierci. Była zawsze słabowita, zawsze, proszę pana, od czasu jak przybyliśmy do niej. Tej nocy szalała burza... właś-

nie tej nocy, kiedy nastąpiło pogorszenie. Telefon został wyłączony. Nie mogliśmy wezwać doktora. Poszedłem po niego piechotą, proszę pana. Ale przyszedł za późno. Zrobiliśmy wszystko, co w naszej mocy. Byliśmy przywiązani do niej, proszę pana. Każdy panu to powie. Nikt złego słowa o nas nie powiedział. Ani słowa.

Lombard w zamyśleniu obserwował nerwowe drgawki przebiegające mu po twarzy, spieczone wargi, przerażenie w jego oczach. Przypomniał sobie stuk padającej tacy. Pomyślał: „Czyżby?".

Blore odezwał się z gorliwością byłego funkcjonariusza policji:

– Oczywiście coś niecoś kapnęło wam po jej śmierci?

Rogers się wyprostował.

– Panna Brady pozostawiła nam legat w uznaniu za wierną służbę – odpowiedział sztywno. – Ale dlaczego nie miałaby tego zrobić, chciałbym wiedzieć?

Lombard zapytał z kolei:

– A jak z panem, panie Blore?

– Jak to ze mną?

– Pańskie nazwisko było również na liście.

Blore poczerwieniał.

– Ma pan na myśli Landora? To był ten napad rabunkowy na bank „London and Commercial".

Sędzia Wargrave poruszył się.

– Przypominam sobie. Nie sądziłem tej sprawy, ale przypominam sobie dokładnie. Landor został zasądzony na podstawie pańskich zeznań. To pan prowadził śledztwo w tej sprawie?

– Tak, ja.

– Landor został zasądzony na dożywocie, ale umarł po roku więzienia w Dartmoor. Był wątłego zdrowia.

– To był jednak numer – rzekł Blore. – To on właśnie zabił tej nocy strażnika. Proces wykazał to zupełnie jasno.

Wargrave cedził powoli:

– Sądzę, że otrzymał pan pochwałę za pańską... hm... za umiejętne poprowadzenie tej sprawy.

Blore uśmiechnął się kwaśno.

– Otrzymałem awans.

Po chwili dodał niewyraźnym głosem:

– Wypełniłem jedynie swój obowiązek.

Nagle Lombard zaśmiał się dźwięcznie i powiedział:

– Cóż za nadzwyczajne towarzystwo! Wszyscy kochają prawo, spełniają jedynie swój obowiązek! Oczywiście, z wyjątkiem mnie. No, a pan, panie doktorze? Pewnie jakaś mała pomyłka zawodowa? A może nielegalna operacyjka?

Emily Brent spojrzała na niego z niesmakiem i odchyliła się do tyłu.

– Nadal nic nie rozumiem – odpowiedział Armstrong. – Wymienione nazwisko nic mi nie mówi. Jak ono brzmiało: Clees czy Close? Naprawdę nie mogę sobie przypomnieć, bym miał pacjentkę o podobnym nazwisku lub żeby było ono związane z czyjąś śmiercią. Ta sprawa jest dla mnie zupełną tajemnicą. Tyle lat już minęło! Być może chodzi tu o jedną z operacji w szpitalu? Jakże często ludzie przychodzą do nas za późno! Potem, gdy pacjent umrze, zawsze się mówi, że zawinił chirurg.

Westchnął, potrząsając głową.

Pomyślał przy tym: „Pijany... właśnie byłem pijany, a jednak operowałem. Nerwy w strzępach, ręce drżące. Zabiłem ją, to nie ulega wątpliwości. Biedna staruszka, gdybym był trzeźwy, byłoby to całkiem proste. Na szczęście w naszym zawodzie obowiązuje lojalność. Pielęgniarka widziała, ale oczywiście trzymała język za zębami. Boże, cóż to był za wstrząs! Porządnie mi się wtedy dostało. Ale któż to mógł na nowo odgrzebać? Po tylu latach?".

IV

W pokoju zapadła cisza. Wszyscy mniej lub bardziej otwarcie patrzyli na Emily Brent. Upłynęła minuta lub dwie, nim zdecydowała się odezwać. Jej brwi podniosły się na wąskim czole.

– Państwo czekają, bym coś powiedziała? Nie mam nic do powiedzenia.

– Nic, panno Brent? – zapytał sędzia.

– Nic.

Zacisnęła usta. Sędzia, gładząc twarz, zagadnął miękko:

– Pani przygotowuje sobie obronę?

Panna Brent odparła chłodno:

– Tu nie zachodzi potrzeba obrony. Zawsze postępowałam zgodnie z sumieniem. Nie mam sobie nic do zarzucenia.

Zapanowała atmosfera pełna wyczekiwania. Ale Emily Brent nie należała do osób ulegających opinii publicznej. Siedziała nieporuszona.

Sędzia chrząknął parę razy, wreszcie rzekł:

– Na tym kończy się nasze śledztwo. No, a teraz proszę nam powiedzieć, Rogers, czy prócz was i waszej żony znajduje się ktoś jeszcze na tej wyspie?

– Nikt, proszę pana. Nie ma nikogo.

– Czy jesteście tego pewni?

– Najzupełniej, proszę pana.

– Nie mam pojęcia, w jakim celu nasz nieznany gospodarz sprowadził nas tutaj. Ale moim zdaniem ta osoba, kimkolwiek by była, nie jest normalna w pełnym tego słowa znaczeniu. To może być jakiś niebezpieczny szaleniec. Według mnie powinniśmy jak najszybciej opuścić wyspę. Proponuję, byśmy jeszcze dziś wieczór się stąd wyprowadzili.

Rogers wtrącił:

– Przepraszam, że przerywam, ale na wyspie nie ma łódki.

– Ani jednej łódki?

– Nie, proszę pana.

– Jakim sposobem komunikujecie się z lądem?

– Fred Narracott przybywa tu każdego ranka, przywozi chleb, mleko, pocztę i przyjmuje zlecenia.

– W takim razie – ciągnął sędzia – proponuję, byśmy jutro rano, gdy tylko przybędzie łódź Narracotta, opuścili tę wyspę.

Chór głosów poparł sędziego. Jedynie Anthony Marston był innego zdania niż większość.

– To niezbyt sportowe podejście – rzekł. – Powinniśmy przedtem wyświetlić tajemnicę. Cała ta historia przypomina powieść kryminalną. Jest w niej jakiś dreszczyk!

Sędzia zauważył cierpko:

– W moim wieku nie ma się ochoty na dreszczyki, jak pan to nazwał.

Anthony się uśmiechnął.

– Życie zgodne z prawem jest nudne. Wolałbym już jakąś zbrodnię. Piję pod tę zbrodnię!

Podniósł szklaneczkę i wypił ją jednym haustem. Być może za szybko. Zaczął się dławić... coraz gwałtowniej dławić. Jego twarz wykrzywiła się, spąsowiała. Z trudem łapał powietrze – osunął się na krzesło, szklanka wypadła mu z ręki.

ROZDZIAŁ PIĄTY

I

Stało się to tak nagle i niespodziewanie, że wszyscy wstrzymali oddech. Biernie patrzyli na skuloną na podłodze postać.

Wreszcie doktor Armstrong poderwał się, ukląkł przy leżącym. Gdy podniósł głowę, w oczach jego malowało się przerażenie.

– Na Boga! On nie żyje! – szepnął ze zgrozą.

Nie od razu zrozumieli.

Nie żyje? Nie żyje? Ten młody bożek skandynawski, w pełni sił i zdrowia. I nagle... Młodzi ludzie jak on nie umierają w ten sposób, krztusząc się po wypiciu whisky z wodą sodową...

Nie, nie mogli tego zrozumieć. Doktor Armstrong uważnie przyglądał się twarzy zmarłego, wpatrywał się w jego niebieskie, zaciśnięte wargi. Następnie podniósł szklankę, z której pił Anthony Marston.

Generał Macarthur zapytał:

– Nie żyje? Według pana ten młody człowiek zakrztusił się i... i umarł?

– Może pan to nazwać krztuszeniem, jeśli się panu podoba. Powodem jego śmierci było uduszenie.

Zbliżył nos do szklanki. Palcem przejechał po dnie i bardzo ostrożnie dotknął go końcem języka.

Jego twarz zmieniła wyraz.

– Nigdy nie myślałem, że człowiek może umrzeć w ten sposób – odezwał się generał Macarthur. – Po prostu zadławić się!

Emily Brent rzekła spokojnym głosem:
– Śmierć czyha na nas w pełni życia.
Doktor Armstrong wstał.
– Nie, mężczyzna nie umiera dlatego, że się po prostu zadławił. Śmierć Marstona nie była, jak to się mówi, naturalna – powiedział oschle.
– Czy do whisky... dodano czegoś? – zapytała Vera.
Armstrong skinął głową.
– Tak. Nie mogę powiedzieć dokładnie. Ale wszystko wskazuje na to, że musiała zawierać jakiś cyjanek. Nie ma charakterystycznego zapachu kwasu pruskiego, przypuszczalnie był tam cyjanek potasu. Działa prawie błyskawicznie.
Sędzia zapytał ostro:
– Czy trucizna była w jego kieliszku?
– Tak.
Lekarz podszedł do stolika z napojami. Wyjął korek z butelki whisky, powąchał jej zawartość i skosztował. Następnie spróbował wody sodowej. Potrząsnął głową.
– Nic tu nie ma podejrzanego.
– Więc pan sądzi – zapytał Lombard – że to on sam wpuścił truciznę do szklanki?
Armstrong kiwnął głową z dziwnym wyrazem niezadowolenia.
– Wszystko za tym przemawia.
– Samobójstwo, co? – wtrącił się Blore. – To dość dziwaczne.
– Nikt nie uwierzy – rzekła powoli Vera – że chciał się zabić. Był taki pełen życia, taki wesoły! Gdy dziś wieczorem zjechał swoim wozem z góry, wyglądał jak... wyglądał jak... nie potrafię nawet tego wyrazić.
Ale wszyscy zrozumieli, co miała na myśli. Anthony Marston był w pełnym rozkwicie młodości, wyglądał jak istota nieśmiertelna. A teraz leżał skulony na podłodze.

– Czy może istnieć jakieś inne wytłumaczenie niż samobójstwo? – zapytał Armstrong.

Każdy z osobna zaprzeczył ruchem głowy. Nie mogło być innego wytłumaczenia. Nikt nie dotykał butelki. Wszyscy widzieli, jak Marston podszedł do stolika i napełnił sobie szklankę. Oczywiście, jeśli cyjanek znalazł się w jego whisky, mógł go tam wsypać tylko on.

A jednak... dlaczego Anthony Marston miałby popełnić samobójstwo?

Blore rzekł w zamyśleniu:

– Dla mnie ta sprawa nie przedstawia się jasno. Marston, według mnie, nie był typem samobójcy.

– Podzielam pańskie zdanie – odparł Armstrong.

II

Rozmowy ucichły. Cóż jeszcze mogli powiedzieć na ten temat?

Armstrong zaniósł wspólnie z Lombardem bezwładne ciało do pokoju Anthony'ego. Ułożyli je na łóżku i przykryli prześcieradłem.

Gdy zeszli na dół, reszta osób stała zbita w grupkę. Wstrząsały nimi dreszcze, choć noc była ciepła.

– Jest już późno – powiedziała Emily Brent. – Najlepiej będzie udać się na spoczynek.

Było już po północy. Propozycja wydawała się rozsądna, a jednak każdy się wahał. Wszyscy jak gdyby lgnęli do towarzystwa, gdyż dawało im to poczucie większej pewności.

– Tak, musimy przespać się trochę – rzekł sędzia.

Rogers wtrącił:

– Jeszcze nie posprzątałem w jadalni.

– Zrobicie to jutro – przeciął krótko Lombard.

Armstrong zapytał Rogersa:

– Czy wasza żona czuje się lepiej?

– Pójdę, proszę pana, i zobaczę.
Wrócił po niedługim czasie.
– Śpi doskonale.
– Dobrze – rzekł lekarz – proszę jej nie budzić.
– Ależ nie. Poukładam trochę rzeczy w jadalni, sprawdzę, czy wszystkie drzwi są pozamykane, i pójdę się położyć.

Przeszedł przez hol do jadalni. Reszta z pewnym ociąganiem udała się na górę. Gdyby to był stary dom z trzeszczącymi schodami, ciemnymi kątami, grubymi ścianami krytymi boazerią, mogliby ulec nieprzyjemnemu nastrojowi. Ale willa tchnęła nowoczesnością. Żadnych ciemnych zakątków, ukrytych drzwi – zalewało ją elektryczne światło, każda rzecz była nowa, jasna i błyszcząca. Nie było żadnych zakamarków czy schowków. Nie panował tu tajemniczy nastrój.

A to właśnie było najbardziej przerażające...

Powiedzieli sobie na piętrze dobranoc. Każdy wszedł do swego pokoju i każdy, ledwie zdając sobie z tego sprawę, automatycznie przekręcił klucz w zamku.

III

W swoim przyjemnym, dyskretnie pomalowanym pokoju sędzia Wargrave zdjął ubranie i zaczął przygotowywać się do snu.

Myślał o Edwardzie Setonie.

Pamiętał go dobrze. Jego jasne włosy, niebieskie oczy i zniewalający sposób patrzenia szczerze, prosto w oczy. Właśnie dlatego wywarł tak korzystne wrażenie na sądzie.

Prokurator Llewellyn pokpił nieco sprawę. Był zbyt zapalczywy i starał się zbyt dużo udowodnić.

W przeciwieństwie do niego adwokat Matthews był doskonały. Jego argumenty trafiały do przekonania. Krzyżowy ogień pytań przygważdżał zeznających. Mistrzowsko dawał sobie radę z tym, co twierdzili świadkowie.

Seton również zeznawał bardzo dobrze. Nie był ani podniecony, ani się nie zapalał. Zrobiło to wrażenie na ławie przysięgłych. Matthews zachowywał się pod koniec w taki sposób, jak gdyby miał już wyrok uniewinniający dla swego klienta.

Sędzia starannie nakręcił zegarek i położył go na stoliku nocnym. Przypomniał sobie teraz, co czuł, gdy siedział wtedy przy stole sędziowskim, przysłuchiwał się zeznaniom, robił notatki, nie opuszczając najmniejszego szczegółu, który mógłby przemawiać przeciwko oskarżonemu...

Znajdował przyjemność w tej rozprawie. Ostatnie przemówienie Matthewsa było doskonałe. Llewellynowi nie udało się zatrzeć dobrego wrażenia, jakie zostawiła po sobie mowa obrońcy.

A potem nastąpiło jego własne podsumowanie...

Sędzia Wargrave wyjął sztuczną szczękę i ostrożnie wpuścił ją do szklanki z wodą. Jego usta zapadły się. Miały teraz wyraz okrutny i drapieżny.

Przymknąwszy powieki, sędzia zaśmiał się do siebie. Wykończył Setona, co do tego nie ma najmniejszych wątpliwości. Stęknąwszy, gdyż reumatyzm zaczął mu dokuczać, wsunął się do łóżka i zgasił światło.

IV

Gdy Rogers znalazł się w jadalni, stanął zdumiony.

Wytrzeszczył oczy na figurki z porcelany, które stały na środku stołu.

Mruknął do siebie:

– Co za dziwy! Mógłbym przysiąc, że było ich dziesięć.

V

Generał Macarthur przewracał się z boku na bok.

Sen nie chciał nadejść. W ciemnościach pojawiła mu się przed oczyma twarz Arthura Richmonda.

Lubił Arthura, był do niego bardzo przywiązany. Cieszył się, że Leslie lubiła go również.

Leslie była taka kapryśna. Z zasady wyrażała się o mężczyznach, że są nudni. „Nudny" – to było jej stałe określenie. Ale Arthur Richmond nie wydawał się jej nudny. Od początku byli sobą wzajemnie zainteresowani. Prowadzili ożywione dyskusje na temat teatru, muzyki czy filmu. Dokuczała Arthurowi, wyśmiewała go, kpiła z niego. A generał był zachwycony, że żona darzy chłopca macierzyńskim uczuciem.

Rzeczywiście, macierzyńskim!

Był przeklętym głupcem, bo zapomniał, że Richmond miał dwadzieścia osiem lat, a Leslie dwadzieścia dziewięć.

Kochał żonę. Jej sylwetka ukazała mu się przed oczami. Twarz w kształcie serca, ciemnoszare, żywe oczy, brązowe, kręcące się włosy. Kochał ją i ufał jej całkowicie.

We Francji, gdy wokoło szalało piekło wojenne, wyjmował jej fotografię z kieszeni.

I nagle odkrył prawdę!

Sprawa przedstawiała się równie banalnie, jak w powieściach. Zamienione listy. Napisała do nich obydwu i włożyła list napisany do Arthura do jego koperty. Nawet teraz, po tylu latach, odczuwał na nowo wstrząs i mękę.

Boże, co to był za cios!

Ciągnęło się to już od pewnego czasu. To wynikało z listu. Wspólne weekendy! Jego ostatni urlop...

Leslie... Leslie i Arthur!

Niech go Bóg skarze!

Z tą jego roześmianą twarzą i ciągłym: „Tak jest, panie generale". Kłamca i obłudnik. Wkradł się w cudze prawa.

Pamięta, jak narastała w nim wściekłość, zimna, mordercza wściekłość. Starał się niczego po sobie nie pokazywać. Do Richmonda odnosił się tak jak poprzednio. Czy mu się udało? Przypuszcza, że tak. Richmond nie podejrzewał niczego. Pewne rozdrażnienie można było kłaść na karb sytuacji, w której wszyscy mieli napięte nerwy.

Jedynie młody Armitage spoglądał na niego z dziwnym wyrazem oczu. Mimo młodego wieku był bardzo spostrzegawczy. Być może właśnie Armitage odgadł... kiedy to się stało.

Z całym rozmysłem posłał Richmonda na śmierć. Tylko cudem mógł ujść cało. Ten cud nie nastąpił. Tak, wysłał Richmonda na śmierć i nie żałował tego. Zresztą wszystko poszło zupełnie łatwo. Pomyłki na froncie zdarzały się stale, oficerów często narażano na śmierć bez potrzeby. To były czasy zamieszania i paniki. Ten i ów mógł później powiedzieć: „Stary Macarthur stracił głowę i palnął głupstwo, poświęcając paru najlepszych swych ludzi".

Ale młody Armitage należał do innej kategorii. Dziwnym wzrokiem spoglądał na swego przełożonego. On jedyny może domyślił się, że Richmond został z rozmysłem wysłany na śmierć. (Czy po wojnie Armitage rozmawiał z kimś na ten temat?).

Leslie nie domyśliła się niczego. Zapewne płakała po stracie kochanka (tak przypuszczał), ale gdy wrócił do Anglii, była zupełnie spokojna. Nigdy jej nie mówił, że się dowiedział. Żyli jakoś razem, ale Leslie już nigdy nie wróciła do siebie. W trzy czy cztery lata później dostała obustronnego zapalenia płuc i umarła.

Dużo czasu minęło od tamtej pory... Piętnaście... szesnaście lat?

Później wystąpił z czynnej służby i zamieszkał w Devonie. Kupił sobie maleńki domek, o jakim zawsze marzył. Mili sąsiedzi, piękne otoczenie, można było trochę polować, trochę łowić ryby. Każdej niedzieli szedł do kościoła. (Ale nie w ten dzień, w którym była czytana przypowieść o Dawidzie wysyłającym Uriasza na najgorszy odcinek walki. Nie mógł słuchać tej historii. Budziła w nim niemiłe uczucia).

Wszyscy byli do niego przyjacielsko nastawieni. To znaczy – na początku. Ale z czasem doznał nieprzyjemnego uczucia, że ludzie obmawiają go za plecami. Patrzyli na niego jak gdyby znacząco, widocznie zaczęły krążyć o nim jakieś plotki. (Armitage?... Czyżby on był ich autorem?).

Zaczął unikać ludzi – zamknął się w sobie. Obmowa nie sprawia nikomu przyjemności.

Ale wszystko to było tak dawno... obrazy Leslie i Arthura zatarły się w jego pamięci. Minione sprawy przestały mieć znaczenie.

Nadal prowadził życie samotne i unikał dawnych kolegów. (Jeśli Armitage rozgadał, musieli się dowiedzieć).

A dzisiejszego wieczoru ten ukryty głos wyciągnął na światło dzienne tę starą historię.

Czy potrafił zachować się odpowiednio? Czy nie stracił zimnej krwi? Czy jego twarz wyrażała dostateczne oburzenie i niesmak? Czy nie odbiło się na niej zmieszanie i poczucie winy? Trudno to powiedzieć.

Nie ulega wątpliwości, że nikt nie mógłby wziąć na serio podobnych oskarżeń. Zresztą było w nich wiele innych nonsensów, wyssanych wprost z palca. Choćby ta miła panienka – głos oskarżał ją o utopienie dziecka! Idiotyczne! To chyba jakiś pomyleniec rzucił te wariackie oskarżenia.

Albo taka Emily Brent, notabene bratanica Thomasa Brenta, który służył z nim w wojsku. Oskarżona o morderstwo! Na pierwszy rzut oka widać, iż to kobieta tak pobożna, że bardziej nie można, typowa parafianka, która kręci się wokół proboszcza.

Przeklęta, niesamowita historia. Czyste wariactwo.

Odkąd tu przyjechali... kiedy to było? Psiakrew, przecież dopiero tego popołudnia! Wydaje się dużo dawniej.

Pomyślał: „Ciekawym, kiedy stąd wyjedziemy. Oczywiście nazajutrz, kiedy motorówka przybędzie z lądu".

Dziwne, ale w tej chwili nie miał wielkiej ochoty opuszczać wyspy. Powrócić do siebie, do małego domku, do wszystkich kłopotów i przykrości... Przez otwarte ckna słyszał, jak fale rozbijają się o skały nieco głośniej niż poprzednio. Zerwał się także wiatr.

Pomyślał: „Spokojne miejsce... kojące dźwięki... Właściwie do takiego miejsca powinno się dążyć... skąd już nie można pójść dalej... gdzie sprawy dobiegają swego końca...".

Nagle uświadomił sobie, że nie pragnie opuścić wyspy.

VI

Vera Claythorne leży w łóżku. Nie może zasnąć i szeroko otwartymi oczyma wpatruje się w sufit.

Na nocnym stoliku pali się lampa. Vera boi się ciemności.

Pomyślała: „Hugh... Hugh... dlaczego wydaje mi się, że jesteś tej nocy tak blisko? Tak bardzo blisko...

Gdzie on teraz przebywa? Nie wiem. I nigdy nie będę wiedzieć. Odszedł... zniknął z mego życia". Wszelkie próby niemyślenia o nim zawodziły, był zbyt blisko. Musiała o nim myśleć... pamiętać...

Kornwalia...

Czarne skały, miękki, żółty piasek, gruba, pogodna pani Hamilton. Cyril, jak zwykle, naprzykrza się i ciągnie ją za rękę.

„Ja chcę popłynąć do tej skały, panno Claythorne. Dlaczego nie mogę popłynąć do tej skały?".

Obejrzawszy się, napotkała śledzące ją oczy. Hugh patrzył na nią.

Tego wieczora, gdy Cyril leżał już w łóżku, Hugh zapytał:

„Czy nie przeszłaby się pani ze mną na spacer?".

„Z przyjemnością".

Konwencjonalna przechadzka wzdłuż plaży. Światło księżyca i łagodny powiew od Atlantyku.

I nagle objęły ją jego ramiona.

„Kocham cię, kocham cię, Vero. Czy wiesz, że cię kocham?".

Tak, wiedziała. (Albo zdawało się jej, że wie).

„Nie mam prawa prosić cię o rękę. Jestem bez grosza. Ledwo potrafię zarobić na siebie. To dziwne, ale kiedyś przez trzy miesiące miałem nadzieję zostać bogatym człowiekiem. Cyril urodził się w trzy miesiące po śmierci Maurice'a. Gdyby był dziewczyną...".

Gdyby to dziecko było dziewczynką, Hugh odziedziczyłby wszystko. Przyznawała, że przeżył rozczarowanie.

„Ostatecznie nie budowałem na tym swej przyszłości. A jednak to był ciężki cios. Cóż robić! Fortuna kołem się toczy. Cyril jest miłym dzieciakiem. Przepadam za nim".

Tak, lubił go. Zawsze był gotów do figlów i zabaw z małym bratankiem. W jego naturze nie leżała zawziętość.

Cyril nie miał zdrowia. Mizerne dziecko, takie chucherko, które pewnie nie żyłoby długo.

A potem?

„Panno Claythorne, dlaczego nie mogę popłynąć do tej skały?".

Zirytowało ją ciągłe nudzenie.

„Bo jest za daleko, Cyrilu".

„Ale, proszę pani...".

Vera wstała z łóżka, podeszła do szafki i połknęła trzy aspiryny. Pomyślała: „Szkoda, że nie mam środków nasennych. Gdybym chciała popełnić samobójstwo, zażyłabym dużą dawkę weronalu lub coś w tym rodzaju, a nie cyjanek".

Dreszcze przebiegły ją na wspomnienie Marstona, jego purpurowej, konwulsyjnie wykrzywionej twarzy.

Przechodząc obok kominka, spojrzała na wierszyk.

Raz dziesięciu żołnierzyków
Pyszny obiad zajadało,
Nagle jeden się zakrztusił –
I dziewięciu pozostało.

Pomyślała: „To straszne... podobnie jak dzisiaj".
Dlaczego Anthony Marston chciał umrzeć? Ona sama nie chce umrzeć. Nie potrafiła sobie wyobrazić, jak można pragnąć śmierci. Śmierć jest dobra... ale dla innych...

ROZDZIAŁ SZÓSTY

I

Doktor Armstrong śnił...

Na sali operacyjnej było bardzo gorąco. Niepotrzebnie ogrzali tak salę. Pot spływał mu po twarzy. Ręce się lepiły. Trudno utrzymać w nich skalpel. Jaki był ostry... Łatwo kogoś zamordować podobnym nożem. Oczywiście, popełnił morderstwo...

Ciało kobiety wyglądało inaczej. Było otyłe, bezwładne. Teraz leżała przed nim chuda, szczupła osoba. I do tego miała zakrytą twarz.

Kogo to miał zabić?

Nie mógł sobie przypomnieć. Ale przecież musi wiedzieć. Czy nie zapytać pielęgniarki? Siostra spoglądała na niego. Nie, nie mógł jej zapytać. Była podejrzliwa, to widoczne.

Ale kto leży na stole operacyjnym? Nie powinni byli zakrywać twarzy w ten sposób... Gdyby tylko mógł zobaczyć tę twarz...

No, nareszcie. Jakaś młodsza pielęgniarka zdjęła chustkę z twarzy. Emily Brent, oczywiście. A więc miał zabić Emily Brent. Jakież złośliwe miała oczy. Jej usta poruszały się. Co ona mówi?

„Śmierć czyha na nas w pełni życia...".

Teraz roześmiała się. Nie, siostro, proszę nie zakrywać twarzy z powrotem. Ja muszę widzieć. Mam jej przecież dać narkozę. Gdzie eter? Przecież musiałem wziąć go z sobą. Co siostra zrobiła z eterem? Châteauneuf-du-Pape? Tak, to wystarczy.

Siostro, proszę zabrać tę chustkę.
Oczywiście! Wiedziałem cały czas. Przecież to Anthony Marston! Jego twarz jest purpurowa i konwulsyjnie wykrzywiona. Ale on nie umarł – śmieje się. Mówię wam, że się śmieje! Trzęsie stołem operacyjnym.

Strzeż się, człowieku, strzeż się. Siostro, niech go siostra uspokoi, niech go siostra uspokoi...

Doktor Armstrong obudził się nagle. Było już rano. Słońce zalewało pokój.

Ktoś nachyla się nad łóżkiem i potrząsa ramieniem doktora. To Rogers. Rogers, blady, powtarzał:

– Panie doktorze, panie doktorze!

Doktor Armstrong rozbudził się zupełnie.

Usiadł na łóżku i zapytał ostro:

– Co się stało?

– Moja żona, panie doktorze. Nie mogę jej obudzić. Mój Boże! Nie mogę jej obudzić. I wygląda jakoś dziwnie.

Armstrong był szybki i przedsiębiorczy. Natychmiast zarzucił szlafrok i podążył za Rogersem.

Nachylił się nad łóżkiem, na którym leżała nieruchomo pani Rogers. Dotknął zimnej ręki, podniósł powiekę. Minęła chwila, nim wyprostował się i odwrócił.

Rogers wyszeptał:

– Czy... czy ona umarła?

Przejechał językiem po suchych wargach.

Armstrong skinął głową.

– Tak, nie żyje.

Jego oczy w zamyśleniu wpatrywały się w służącego. Potem skierowały się na stolik nocny, na umywalkę i zatrzymały się na nieruchomej kobiecie.

– Czy to było... czy to serce, panie doktorze?

Armstrong zastanawiał się chwilę, po czym odpowiedział:

– Jak było ostatnio z jej zdrowiem?

– Cierpiała trochę na reumatyzm.

– Czy badał ją jakiś lekarz?
– Lekarz? – Rogers spojrzał zdziwiony. – Żadne z nas nie było od lat u lekarza.
– Czy nie sądzicie, że mogła mieć wadę serca?
– Nie, panie doktorze, o niczym takim nie było mi wiadomo.
– Czy dobrze sypiała?

Rogers odwrócił oczy. Zacisnął dłonie, nerwowo wykręcając sobie palce. Mruknął:
– Ze spaniem było gorzej.

Lekarz zapytał ostro:
– Czy zażywała środki nasenne?

We wzroku Rogersa odmalowało się zdumienie.
– Środki nasenne? Żeby lepiej spać? Nic o tym nie wiem. Jestem pewny, że nie.

Armstrong podszedł do umywalni. Stały na niej różne buteleczki: płyn do włosów, woda lawendowa, gliceryna, woda do ust, pasta do zębów i kremy.

Rogers starał się mu pomóc, wyciągając szufladki nocnego stolika. Ale ani tu, ani w komodzie nie znaleźli śladu tabletek nasennych.

Rogers rzekł:
– Wczoraj wieczorem zażyła tylko to, co pan jej dał.

II

Gdy o dziewiątej uderzył gong na śniadanie, wszyscy już go oczekiwali.

Generał Macarthur przechadzał się wraz z sędzią po tarasie, wymieniając opinie na tematy polityczne.

Vera Claythorne i Philip Lombard weszli na najwyższe wzniesienie wyspy, które znajdowało się za domem. Natknęli się tam na Williama Henry'ego Blore'a, spoglądającego w kierunku lądu.

– Ani śladu motorówki. Patrzę już od dłuższego czasu – wyjaśnił.

Vera rzekła z uśmiechem:

– Mieszkańcy Devonu są śpiochami. Tutaj wszystko odbywa się z opóźnieniem.

Philip Lombard odwrócił się i spojrzał w kierunku morza. Nagle zagadnął:

– Co pan sądzi o pogodzie?

Blore spojrzał na niego.

– Wydaje mi się, że będzie ładna.

Lombard gwizdnął cicho.

– Jeszcze przed zachodem słońca będziemy mieli niezły wiaterek.

– Sądzi pan, że szkwał?

Z dołu nadleciał głuchy dźwięk gongu.

– Co, śniadanie? – zapytał Lombard. – Nie mam nic przeciwko temu.

Gdy schodzili po stromym zboczu, Blore odezwał się do niego głosem pełnym zadumy:

– Wie pan, ta sprawa nie daje mi spokoju. Dlaczego ten młody człowiek chciał ze sobą skończyć? Całą noc o tym myślałem.

Vera wyprzedziła ich nieco. Lombard nie mógł zdecydować się na odpowiedź.

– Czy pan doszedł do jakiejś konkluzji?

– Chciałbym mieć dowody. Po pierwsze, ważny jest motyw. Przypuszczam, że nieźle mu się powodziło.

Emily Brent wyszła im naprzeciw przez otwarte drzwi.

– Czy łódź już przybiła? – zapytała.

– Nie, jeszcze nie – odrzekła Vera.

Weszli do jadalni. Na bufecie stał duży półmisek z jajecznicą i szynką oraz dzbanki z herbatą i kawą. Rogers przytrzymał im drzwi, następnie wyszedł i zamknął je za sobą.

– Ten człowiek wygląda na chorego – zauważyła panna Brent.

Doktor Armstrong, który stał przy oknie, odchrząknął.

– Muszą państwo wybaczyć, jeśli śniadanie nie będzie zbyt udane, Rogers przygotował je sam. Pani Rogers... hm... nie była w stanie się tym zająć.

Emily Brent zapytała sucho:

– Jak się dziś czuje pani Rogers?

– Zjedzmy najpierw śniadanie. Jajecznica wystygnie. Potem będę miał parę spraw do przedyskutowania z państwem.

Wszyscy siedli do stołu. Talerze napełniły się, nalano herbatę i kawę. Zaczęli jeść.

Jak gdyby wszyscy się zmówili, nikt nie poruszał spraw związanych z wyspą. Rozmawiano chaotycznie o najnowszych wypadkach, wydarzeniach międzynarodowych, wyczynach sportowych i ponownym ukazaniu się potwora z Loch Ness.

Wreszcie, gdy opróżniły się talerze, doktor Armstrong odsunął się nieco od stołu, chrząknął donośnie i rzekł:

– Uważałem za stosowne poczekać, aż państwo zjedzą śniadanie, by przekazać niemiłą wiadomość. Pani Rogers umarła we śnie.

Wybuchły okrzyki zdziwienia i przestrachu.

Vera zawołała:

– To straszne! Już dwa wypadki śmierci od czasu, gdy przybyliśmy na tę wyspę!

Sędziemu zwężyły się oczy, rzekł swoim cichym, wyraźnym głosem:

– Hm... to dość szczególne. Cóż było powodem śmierci?

Armstrong wzruszył ramionami.

– Trudno mi się wypowiedzieć. Nie wiem nic o stanie jej zdrowia.

– Wyglądała na osobę bardzo nerwową – rzekła Vera. – Poza tym poprzedniego wieczora doznała szoku. Przypuszczam, że to był atak serca?

Doktor Armstrong odpowiedział oschle:

– Nie ulega wątpliwości, że jej serce przestało bić, ale powstaje pytanie, z jakiego powodu.

Jedno słowo padło z ust Emily Brent. Wypowiedziała je twardo i wyraźnie:

– Sumienie.

– Co pani przez to rozumie, panno Brent? – zapytał lekarz.

Emily Brent odrzekła z nieustępliwą miną:

– Wszyscy słyszeliśmy. Została wraz z mężem oskarżona o zamordowanie starszej pani, ich dawnej chlebodawczyni.

– I pani sądzi?...

– Sądzę, że oskarżenie było uzasadnione. Przecież widzieliście ją wczoraj wieczorem. Załamała się zupełnie i zemdlała. Nie mogła znieść myśli, że jej przestępstwo zostało wykryte. Po prostu umarła ze strachu.

Doktor Armstrong powątpiewająco kręcił głową.

– Ta teoria może i jest prawdziwa, ale nie sposób oprzeć się na niej bez dokładnej znajomości stanu zdrowia zmarłej. Jeśli istotnie miała wadę serca?...

Panna Brent rzekła spokojnie:

– Może pan to nazwać, jeśli pan woli, wyrokiem Bożym.

Wszyscy spojrzeli na nią zaskoczeni. Blore zauważył niezręcznie:

– Pani posuwa się trochę za daleko, panno Brent.

Patrzała na nich błyszczącymi oczyma. Wysunęła naprzód podbródek.

– Pan uważa za niemożliwe, by grzesznik mógł zostać ukarany przez zagniewanego Boga? Ja w to wierzę.

Sędzia przejechał palcem po brodzie. Mruknął nieco ironicznie:

– Moja droga pani, opierając się na doświadczeniach zdobytych w moim zawodzie, doszedłem do wniosku, że Opatrzność pozostawia nam, śmiertelnikom, sprawę śledztwa i ukarania winnych, a ta procedura jest często najeżona trudnościami. Tu nie ma łatwych rozwiązań.

Emily Brent wzruszyła ramionami.
- Co ona jadła czy piła wczoraj wieczorem? - zapytał Blore. - Oczywiście, po położeniu się do łóżka.
- Nic - odrzekł Armstrong.
- Jak to, nic nie piła? Nawet filiżanki herbaty? Szklanki wody? Mogę się założyć, że piła herbatę. To typowe dla ludzi jej pokroju.
- Rogers zapewnia, że nic nie miała w ustach.
- Ba - odrzekł Blore - mógł to powiedzieć celowo.

Jego ton był tak znaczący, że lekarz spojrzał na niego przenikliwie.
- Takie jest pańskie zdanie? - zapytał Lombard.
- A dlaczegóż by nie? - odrzekł Blore agresywnie. - Słyszeliśmy wczoraj wszyscy to oskarżenie. Może to czysta bujda wyssana z palca. Ale może i prawda. Przyjmijmy tę drugą możliwość. Rogers i jego żona spreparowali tę starą damę. Do czego dochodzimy? Początkowo czuli się bezpieczni i zadowoleni...

Przerwał mu stłumiony głos Very:
- Nie, nie sądzę, by pani Rogers czuła się kiedykolwiek bezpieczna.

Blore spojrzał na nią zniecierpliwiony.

„Typowo kobiece podejście" - mówiło jego spojrzenie. Podjął wątek:
- Przypuśćmy, że tak było. Przez długi czas nic im nie zagrażało. Aż tu nagle, wczorajszego wieczora, jakiś wariat rozgłasza ich tajemnicę. I co się stało? Kobieta załamała się, rozkleiła zupełnie. Przypomnijcie sobie, jak Rogers sterczał nad nią, gdy zaczęła odzyskiwać przytomność. To nie była zwykła małżeńska troskliwość. Stał jak na rozżarzonych węglach. Wychodził wprost z siebie na myśl, że mogłaby się z czymś wyrwać.

A teraz proszę na to zwrócić uwagę: popełnili morderstwo i udało im się wyjść cało. Gdyby ta sprawa miała ujrzeć światło dzienne, groziłoby im niebezpieczeństwo. W takich wypadkach dziesięć możliwości na jedną przemawia za tym, że kobieta się zdradzi. Nie jest dostatecznie wytrzymała nerwowo, by stawić temu czoło. Stanowi żywe niebezpieczeństwo dla męża, ot co. Tymczasem on potrafi grać swoją rolę. Będzie z podniesionym czołem kłamał aż do sądnego dnia, ale nie może być pewien żony. A jeśli ona nie wytrzyma nerwowo, będzie musiał nadstawić szyi. Dlatego wsypuje coś do jej herbaty i już jest pewny, że zamilkła na zawsze.

– Nie było żadnej pustej filiżanki ani szklanki przy łóżku. zauważył Armstrong. – Specjalnie zwróciłem na to uwagę.

– Oczywiście, że nie mogło być! – parsknął Blore. – Pierwsze, co zrobił, to zabrał filiżankę i porządnie wymył.

Nastąpiła chwila ciszy.

Generał Macarthur odezwał się z powątpiewaniem:

– Może i tak było. Osobiście trudno byłoby mi uwierzyć, by mąż mógł podobnie postąpić z żoną.

Blore zaśmiał się uszczypliwie.

– Jeśli głowa mężczyzny jest w niebezpieczeństwie, nie poświęca wiele czasu na sentymenty.

Wszyscy zamilkli. Nim podjęto rozmowę, otworzyły się drzwi i wszedł Rogers.

Zwracał się po kolei do każdego:

– Czym mogę służyć?

Sędzia Wargrave poprawił się na krześle.

– O której godzinie przybywa motorówka? – zapytał.

– Między siódmą a ósmą rano. Czasami nieco po ósmej. Nie wiem, co się stało z Fredem Narracottem. Gdy jest chory, wysyła swego brata.

– Która teraz godzina? – zapytał Lombard.

– Za dziesięć dziesiąta, proszę pana.

Lombard uniósł brwi. Pokiwał głową w zamyśleniu. Rogers stał wyczekująco przez chwilę. Nagle milczenie przerwał generał Macarthur:

– Z przykrością dowiedzieliśmy się, Rogers, o waszej żonie. Pan doktor właśnie powiedział nam o tym.

Rogers spuścił głowę.

– Tak jest, proszę pana. Bardzo dziękuję.

Zebrał puste talerze i wyszedł z pokoju.

Zapadło milczenie.

III

Na tarasie Philip Lombard rzekł:

– Jeśli chodzi o motorówkę, to...

Blore spojrzał na niego i skinął głową.

– Wiem, co pan ma na myśli. Sam zadałem sobie to pytanie. Motorówka miała być tutaj przed jakimiś dwiema godzinami. Nie ma jej. Dlaczego?

– Znalazł pan odpowiedź? – zapytał Lombard.

– Mogę tylko tyle powiedzieć, że to nie przypadek. To jest wszystko logicznie powiązane.

– Sądzi pan, że łódź nie przypłynie?

Za jego plecami odezwał się zniecierpliwiony głos:

– Łódź motorowa nie przypłynie.

Blore obejrzał się. Generał Macarthur – on to był bowiem – ciągnął donośnym głosem:

– Oczywiście, że nie przypłynie. Liczymy wszyscy na to, że motorówka zabierze nas z tej wyspy. Tymczasem sedno sprawy tkwi w tym, że my tej wyspy nie opuścimy... Nikt z nas nigdy jej nie opuści... Zbliża się koniec. Czy wy tego nie widzicie? – Zawahał się i podjął zmienionym głosem: – Spokój... prawdziwy spokój. Zbliżamy się do końca... nie ma potrzeby iść dalej. A to oznacza spokój.

Nagle odwrócił się i odszedł. Ruszył wzdłuż tarasu, potem ścieżką w dół, w kierunku morza, gdzie skały wyłaniały się z piany morskiej. Szedł chwiejnym krokiem, jak ktoś na wpół obudzony.

– Znowu jeden z nas się załamał! – mruknął Blore. – Wygląda na to, że wszystkich czeka taki koniec.

– Nie sądzę, by pana to spotkało – zauważył Lombard.

Były inspektor zaśmiał się.

– O, mnie dużo potrzeba, bym stracił głowę. Nie wydaje mi się też, by i panu to groziło.

– Mogę pana zapewnić, że w tej chwili czuję się zupełnie dobrze.

IV

Doktor Armstrong wyszedł na taras. Chwilę stał niezdecydowany. Na lewo znajdowali się Blore i Lombard. Na prawo Wargrave spacerował miarowym krokiem, ze spuszczoną głową.

Armstrong obrócił się ku niemu.

Ale w tej sekundzie wybiegł z domu Rogers.

– Czy mógłbym na chwilę pana prosić?

Armstrong się odwrócił. Przestraszył go wygląd służącego. Twarz miał szarozieloną, ręce mu się trzęsły. W ciągu paru minut zaszła w nim tak wielka zmiana, że lekarz spojrzał na niego z zaniepokojeniem.

– Chciałem z panem zamienić kilka słów, ale nie tutaj.

Armstrong odwrócił się i weszli do domu.

– Co się stało? Uspokójcie się!

Służący nie panował nad sobą.

– Proszę tu wejść, proszę pana, tutaj.

Otworzył drzwi do jadalni. Lekarz wszedł pierwszy, Rogers za nim, starannie zamykając drzwi.

– Co się stało? – zapytał Armstrong.

Rogers nerwowo przełykał ślinę.

– Dzieją się rzeczy, proszę pana, których nie rozumiem.

Lekarz zapytał z naciskiem:

– Jakie znów rzeczy?

— Pan zapewne sądzi, że zwariowałem. Powie mi pan, że to wszystko nic nie znaczy. Ale to trzeba wytłumaczyć, proszę pana. To trzeba wytłumaczyć! Bo nie mogę tego zrozumieć.

— Więc dobrze, człowieku, powiedz wreszcie, o co chodzi. Nie mów tak chaotycznie.

Rogers ponownie przełknął ślinę.

— To te małe figurki, proszę pana. Na środku stołu. Figurki z porcelany. Było ich dziesięć. Mogę przysiąc, że było ich dziesięć.

Armstrong przytaknął.

— Istotnie, było ich dziesięć. Liczyliśmy je wczoraj podczas kolacji.

Rogers podszedł bliżej.

— A widzi pan! Gdy wczoraj wieczór porządkowałem jadalnię, było ich tylko dziewięć. Od razu sobie pomyślałem, że to dziwne. A dziś rano, proszę pana, niczego nie zauważyłem, gdy nakrywałem do śniadania. Byłem zbyt zmartwiony. Ale teraz, gdy zacząłem sprzątać... Niech pan zresztą sam zobaczy, jeśli mi pan nie wierzy. Jest ich tylko osiem! Czy to ma jakiś sens? Tylko osiem...

ROZDZIAŁ SIÓDMY

I

Po śniadaniu Emily Brent zaproponowała Verze Claythorne małą przechadzkę na szczyt wyspy, by wyglądać łódki. Vera zgodziła się chętnie.

Wiał orzeźwiający wiatr. Na morzu pojawiły się białe pióropusze fal. Nie było widać ani łodzi rybackich, ani motorówki. Wioskę Sticklehaven zasłaniał pagórek, a wystające czerwone skały zakrywały małą zatokę.

Emily Brent zaczęła:

– Ten mężczyzna, który nas wczoraj przywiózł, wyglądał na człowieka, na którym można polegać. Naprawdę dziwne, że do tej pory jeszcze go nie ma.

Vera nic nie odrzekła. Starała się stłumić wzrastające uczucie przerażenia.

Szepnęła do siebie z pasją: „Musisz być opanowana. To nie w twoim stylu. Miałaś zawsze silne nerwy".

Po dłuższej chwili odezwała się:

– Chciałabym, by wreszcie przypłynął. Mam już dość tej wyspy.

– Nie ulega wątpliwości, że wszyscy chcielibyśmy ją opuścić – odpowiedziała sucho panna Brent.

– Wszystko tu jest takie nienaturalne... Wygląda jak gdyby... straciło swój sens.

Stara kobieta ożywiła się wyraźnie.

– Jestem zła na siebie, że dałam się tak łatwo nabrać. Jeśli zastanowić się nad tym zaproszeniem, to brzmi ono niedorzecznie, ale wtedy nie miałam wątpliwości, najmniejszej wątpliwości.

Vera wyszeptała odruchowo:

– Przypuszczam, że nie.

– Często jesteśmy zbyt łatwowierni – stwierdziła panna Brent.

Vera odetchnęła głęboko. Nagle się wzdrygnęła.

– Czy pani naprawdę mówiła na serio podczas śniadania? – zapytała.

– Moja droga, proszę o większą dokładność. O jaki szczegół rozmowy pani chodzi?

Vera odpowiedziała cichym głosem:

– Czy pani naprawdę przypuszcza, że Rogers i jego żona mają na sumieniu tę starą lady?

Emily Brent wpatrywała się w zamyśleniu w morze. Wreszcie rzekła:

– Co do mnie, jestem o tym przekonana. A co pani sądzi?

– Nie wiem, co o tym sądzić.

– Wszystko za tym przemawia. Najpierw kobieta zemdlała, a jej mąż upuścił tacę – pamięta pani? Poza tym jego wyjaśnienia w tej sprawie nie brzmiały szczerze. Tak, obawiam się, że oni jednak to uczynili.

– Pani Rogers wyglądała, jakby się bała własnego cienia. Nie widziałam nigdy kobiety tak przerażonej... musiały ją ciągle trapić zmory...

Panna Brent mruknęła:

– Pamiętam napis wiszący w moim pokoju dziecinnym: „Grzech znajdzie cię wszędzie". Tak, to prawda. Grzech znajdzie cię wszędzie.

Vera podniosła się na nogi.

– Ależ, panno Brent... ależ, proszę pani... w tym wypadku...

– Co, kochanie?

– Wszyscy inni. Co z innymi?

– Nie bardzo panią rozumiem.

– No... te oskarżenia. Czyżby... czyżby były prawdziwe? Ale jeśli mają się zgadzać w wypadku Rogersa... – Przerwała, nie mogąc dać sobie rady z nawałem chaotycznych myśli.

Zmarszczone czoło Emily Brent się wypogodziło.

– Ach, teraz panią rozumiem. Więc dobrze, weźmy na przykład takiego Lombarda. Sam przyznał się, że skazał dwudziestu ludzi na śmierć głodową.

– To byli przecież tylko tubylcy.

– Czarni czy biali, wszyscy są naszymi braćmi – odpowiedziała ostro panna Brent.

Vera myślała: „Czarni wojownicy... żołnierzyki... Nie, ja za chwilę wybuchnę śmiechem. Staję się histeryczką! Nie potrafię się opanować".

Emily Brent ciągnęła w zamyśleniu:

– Oczywiście, niektóre oskarżenia były nieprawdopodobne, wprost śmieszne. Na przykład przeciw sędziemu, który wypełnił jedynie swój obowiązek. Nie mówiąc już o byłym inspektorze policji. Podobnie rzecz ma się ze mną. – Zamilkła na chwilę. – Oczywiście, biorąc pod uwagę okoliczności, nie chciałam wczoraj nic mówić. To nie jest temat, który można poruszać w towarzystwie mężczyzn.

– Nie?

Vera słuchała z zainteresowaniem. Panna Brent podjęła spokojnie:

– Beatrix Taylor pracowała u mnie. To nie była porządna dziewczyna, lecz za późno się o tym przekonałam. Zawiodłam się na niej bardzo. Owszem, dobrze wychowana, czysta i pełna dobrych chęci. Z początku byłam z niej zadowolona. Oczywiście wszystko było czystą hipokryzją! Zepsuta dziewczyna, bez zasad moralnych. Obrzydliwe! Dopiero po pewnym czasie zauważyłam, że coś jej się przytrafiło. Przeżyłam wtedy wielki wstrząs. Jej rodzice byli porządnymi ludźmi, wychowywali ją surowo. Z przyjemnością mogę stwierdzić, że nigdy nie wybaczyli jej tego postępku.

Vera wpatrywała się w pannę Brent:
- I co się stało potem?
- Naturalnie, nie mogłam ani godziny dłużej trzymać jej pod mym dachem. Nikt nie powie, żebym kiedykolwiek tolerowała niemoralność.
- A co się stało... z nią?
- Jak gdyby nie dość, że miała jeden grzech na sumieniu, popełniła jeszcze drugi, cięższy. Pozbawiła się życia.
- Zabiła się? - wyszeptała z przerażeniem Vera.
- Tak, rzuciła się do rzeki.
Vera zadrżała. Patrzyła na spokojny, delikatny profil panny Brent.
- Co pani czuła, gdy się pani dowiedziała, że ona nie żyje? Czy nie było pani żal? Czy nie robiła sobie pani wyrzutów?
Emily Brent wyprostowała się sztywno.
- Ja? Nie miałam sobie nic do wyrzucenia.
- Ale jeśli pani bezwzględność skłoniła ją do... tego?
Panna Brent odpowiedziała oschle:
- Jej własne postępowanie, jej własny grzech doprowadził ją do tego. Gdyby żyła jak każda porządna młoda kobieta, nic podobnego nie mogłoby się jej zdarzyć.

Zwróciła twarz ku Verze. W jej oczach nie malowały się wyrzuty sumienia ani niepokój. Miały wyraz twardy i pewny siebie. Emily Brent siedziała na szczycie Wyspy Żołnierzyków, zamknięta w pancerzu własnej cnoty.

Mała stara panna nie robiła już na Verze wrażenia śmiesznej.

Nagle wydała jej się straszna.

II

Doktor Armstrong wyszedł z jadalni i ponownie udał się na taras. Sędzia siedział na krześle, ze spokojem obserwując morze. Lombard i Blore stali nadal z lewej strony, paląc papierosy.

Jak poprzednio, lekarz się zawahał. Spojrzał na sędziego, jak gdyby coś rozważał. Chciał się kogoś poradzić. Wiedział, że sędzia jest inteligentny i umie logicznie myśleć, mimo to nie mógł się zdecydować. Wargrave mógł mieć doskonale funkcjonujący mózg, ale był już starszym panem. Armstrong potrzebował w tej sytuacji człowieka czynu. Zdecydował się.

– Hej, Lombard, czy mogę pana na chwilę poprosić?

Philip poruszył się.

– Proszę bardzo.

Obydwaj zeszli z tarasu. Ruszyli ścieżką w kierunku morza. Gdy oddalili się na dostateczną odległość, by ich nikt nie mógł usłyszeć, Armstrong rzekł:

– Chciałbym zasięgnąć pańskiej porady.

Lombard podniósł brwi ze zdziwieniem.

– Ależ, drogi panie, nie jestem lekarzem.

– Nie, nie o to chodzi. Miałem na myśli sytuację ogólną.

– A, to inna sprawa.

– Szczerze mówiąc, co pan o tym sądzi?

Lombard się zastanowił.

– Bez wątpienia nasuwają się pewne myśli, prawda?

– A co pan przypuszcza na temat tej kobiety? Czy zgadza się pan z wywodami Blore'a?

Philip wypuścił dym z papierosa.

– Jego teoria jest możliwa do przyjęcia.

– Zgadzam się z panem.

W głosie Armstronga brzmiała ulga. Philip nie był głupcem.

– Można przyjąć hipotezę, że Rogersowie swego czasu popełnili morderstwo i wyszli z tego cało. Zresztą nie widzę powodu, dlaczego miałoby być inaczej. Ciekawym tylko, co właściwie zrobili. Otruli starszą panią?

Armstrong odpowiedział powoli:

– Mogło być znacznie prościej. Pytałem dziś rano Rogersa, na co cierpiała panna Brady. Jego odpowiedź naświetliła mi sprawę. Nie będę mówił zbyt fachowo, ale przy pewnych chorobach serca zażywa się azotan amylu. Podczas ataku chory otwiera ampułkę i wdycha jej zawartość. Jeśliby zabrakło tego lekarstwa, skutki mogą być fatalne.

Philip rzekł w zamyśleniu:

– Aż tak proste. Nie ulega wątpliwości, że to mogło być kuszące.

Lekarz skinął głową.

– Nic nie trzeba robić. Nie zaszła tu potrzeba zdobywania i podawania arszeniku. Po prostu odmowa. Oczywiście Rogers pobiegł w nocy po lekarza, ale obydwoje wiedzieli, że nikt nigdy nie dowie się prawdy.

– A gdyby nawet... cóż można by im udowodnić? – dodał Lombard. Po chwili zmarszczył czoło. – Oczywiście, to wiele tłumaczy.

Armstrong wtrącił z zaciekawieniem:

– Przepraszam, nie rozumiem.

– Mam na myśli nasz pobyt na Wyspie Żołnierzyków. Mamy tutaj cały wachlarz przestępstw, których nie można było udowodnić ich sprawcom. Przykładem tego są Rogersowie. Albo inny wypadek: stary Wargrave, który popełnił morderstwo zgodnie z zasadami prawa.

Armstrong zapytał krótko:

– Czy pan w to wierzy?

– Oczywiście, że wierzę – zaśmiał się Lombard. – Wargrave zamordował Setona, zamordował go tak pewnie, jakby go przebił sztyletem. Był na tyle mądry, by to uczynić z wysokiego fotela sędziowskiego, w todze i birecie. Nie można mu było udowodnić tej zbrodni normalnymi środkami.

Jak błyskawica przebiegła przez głowę Armstronga myśl: „Morderstwo w szpitalu. Morderstwo na stole operacyjnym. Najbezpieczniejsza rzecz pod słońcem".

Philip Lombard mówił:
- Stąd... pan Owen... stąd... Wyspa Żołnierzyków!
Armstrong westchnął głęboko.
- Musimy się wgryźć w całą sprawę. Jaki był rzeczywisty powód sprowadzenia nas tutaj?
- A co pan o tym sądzi? - zapytał Lombard.
- Powróćmy na chwilę do śmierci tej kobiety. Jakie są hipotezy? Albo Rogers zamordował ją w obawie, że go zdradzi, albo ona straciła panowanie nad sobą i popełniła samobójstwo.
- Samobójstwo?
- A jakie jest pańskie zdanie?
- Oczywiście, można by przyjąć i tę ewentualność... gdyby nie śmierć Marstona. Dwa samobójstwa w przeciągu dwunastu godzin - to za silna dawka. A jeśli zechce pan twierdzić, że ten młody byczek o zdrowych nerwach i małym móżdżku dostał nagle pietra, bo rozjechał kiedyś dwoje dzieci, i z tego powodu skończył ze sobą, nie... ta myśl jest wprost śmieszna! A jeśli nawet, to w jaki sposób mógłby to zrobić? O ile mi wiadomo, cyjanek potasu nie jest drobiazgiem, który się nosi w kieszonce kamizelki. Ale to należy już do pana specjalności.
- Oczywiście, nikt zdrowy na umyśle nie nosi przy sobie cyjanku potasu, chyba że chciałby go użyć... powiedzmy... no, do zniszczenia gniazda os.
- A więc mógł go mieć przy sobie jakiś zapalony ogrodnik lub rolnik. Ale nie Anthony Marston. Dlatego sprawa tego cyjanku wymaga naświetlenia. Albo Marston miał zamiar skończyć ze sobą, nim tu przyjechał, i przygotował sobie wszystko, albo...
- Albo?... - zachęcał Armstrong.
Lombard się skrzywił.
- Dlaczego chce pan, żebym ja to powiedział? Przecież ma pan to na końcu języka. Anthony Marston został zamordowany, to nie ulega wątpliwości.

III

Doktor Armstrong odetchnął głęboko.
- A pani Rogers?
Lombard mówił powoli:
- Mógłbym, choć z trudem, uwierzyć w samobójstwo Marstona, gdyby nie pani Rogers. Mógłbym też łatwiej uwierzyć w jej samobójstwo, gdyby nie Anthony Marston. Ostatecznie można by przyjąć, że Rogers wykończył żonę, gdyby nie nagła śmierć Anthony'ego Marstona. Czego nam potrzeba, to teorii, która by tłumaczyła dwa szybko po sobie następujące zgony.
- Może mógłbym być panu pomocny w budowie tej teorii?
Armstrong powtórzył to, co Rogers doniósł mu o zniknięciu porcelanowych figurek.
Lombard skinął głową.
- Tak, tak... porcelanowe figurki żołnierzyków... Podczas kolacji było ich na pewno dziesięć. A teraz, powiada pan, jest ich tylko osiem?
Armstrong zaczął recytować:

Raz dziesięciu żołnierzyków
Pyszny obiad zajadało,
Nagle jeden się zakrztusił –
I dziewięciu pozostało.

Tych dziewięciu żołnierzyków
Tak wieczorem balowało,
Że aż jeden rano zaspał –
Ośmiu tylko pozostało.

Dwaj mężczyźni spojrzeli po sobie. Philip Lombard uśmiechnął się z przymusem i rzucił papierosa.

— Zbyt dobrze pasuje, by miało być zbiegiem okoliczności. Marston umarł, dusząc się i krztusząc, a pani Rogers tak spała, że obudziła się dopiero na tamtym świecie.

— No dobrze, ale co dalej? — zapytał Armstrong.

— Dalej?... Po prostu jest tutaj jakiś inny rodzaj żołnierzyka. Tajemniczy X. Pan Owen. U.N. Owen! Nieznany szaleniec!

— Hm... Tak pan myśli? — odetchnął z ulgą Armstrong.

— Tu jednak sprawa zaczyna się wikłać. Rogers przysięgał, że prócz nas i jego żony nie ma na wyspie nikogo.

— Rogers albo się myli, albo kłamie.

— Nie sądzę, żeby kłamał. — Armstrong potrząsnął głową. — Ten człowiek się boi. On ze strachu odchodzi od zmysłów.

Lombard przytaknął.

— Motorówka dziś nie przypłynęła. Zgadza się. Znów rzecz zaaranżowana przez pana Owena. Wyspa Żołnierzyków ma być izolowana od świata, dopóki pan Owen nie skończy swego dzieła.

Armstrong zbladł.

— Sądzi pan, że ten człowiek jest maniakiem?

W odpowiedzi Philipa zabrzmiała nowa nuta.

— Jest jedna rzecz, której pan Owen nie przewidział.

— Co takiego?

— Ta wyspa to nagie skały. Przeszukanie jej nie zajmie nam dużo czasu. Szybko upolujemy wielmożnego U.N. Owena.

— Może okazać się niebezpieczny — rzekł ostrzegawczo Armstrong.

Philip Lombard zaśmiał się.

— Niebezpieczny? A któż to boi się dużego, złego wilka? Przy spotkaniu może się okazać, że ja będę znacznie niebezpieczniejszy. — Po chwili dodał: — Lepiej będzie, gdy poprosimy Blore'a do pomocy. On ma wprawę w węszeniu.

Paniom na razie nic nie mówmy. Jeśli chodzi o innych, to generał goni w piętkę, a dewizą Wargrave'a jest mistrzowska bezczynność. Tylko my trzej możemy czegoś dokonać.

ROZDZIAŁ ÓSMY

I

Blore dał się łatwo namówić. Zgadzał się całkowicie z ich argumentami.

– Te figurki z porcelany zmieniają zupełnie postać rzeczy. W tym tkwi jakieś szaleństwo! Ale powstaje pytanie: czy Owen będzie nadal używać pośrednich środków, tak jak dotychczas?

– Może wypowie się pan jaśniej?

– Myślę po prostu, że po wczorajszym oskarżeniu Marston coś zwietrzył i zażył truciznę. A Rogers, również ze strachu, posłał swoją żonę między aniołki. Wszystko zgodnie z planem U.N.O.

Armstrong zaprzeczył ruchem głowy. Podkreślił sprawę cyjanku potasu. Blore przyznał mu rację.

– Tak, zapomniałem o tym. Noszenie przy sobie trucizny nie jest sprawą normalną. Ale w jaki sposób znalazła się w jego szklance?

Lombard rzekł:

– Zastanawiałem się nad tym. Marston wypił kilka dobrych kolejek tego wieczora. Pomiędzy ostatnią a przedostatnią była dłuższa przerwa. Jego szklaneczka stała na którymś stole. Wydaje mi się, choć nie jestem tego całkiem pewien, że po raz ostatni wziął ją ze stolika przy oknie. Okno było otwarte. Ktoś mógł wsypać porcję cyjanku do szklanki.

Blore zapytał z niedowierzaniem:

– I nikt z nas tego nie zauważył?

– Byliśmy zajęci czym innym.

– Tak, to prawda – przyznał Armstrong. – Zostaliśmy zaatakowani. Poruszaliśmy się nerwowo po pokoju, każdy przejęty, wzburzony, myślący o sobie samym. Myślę, że to było możliwe do zrobienia.

Blore wzruszył ramionami.

– Faktem jest, że jakoś musiało to być zrobione! Wobec tego, panowie, bierzemy się do dzieła. Czy przypadkiem ktoś z was nie ma przy sobie rewolweru? Chociaż właściwie to mało prawdopodobne.

Lombard rzekł spokojnie:

– Mam broń przy sobie. – Dotknął ręką kieszeni.

Blore szeroko otworzył oczy. Zapytał przesadnie niedbałym tonem:

– Zawsze nosi ją pan przy sobie?

– Przeważnie. Nieraz już byłem w tarapatach, więc chyba pan rozumie?

– O, zapewne. Ale wątpię – dodał Blore – by pan kiedykolwiek był w takiej sytuacji jak obecnie. Jeżeli na tej wyspie ukrywa się jakiś wariat, jest na pewno zaopatrzony w mały skład broni palnej, nie mówiąc o nożach czy sztyletach.

Armstrong zakaszlał.

– Nie bardzo się z panem zgadzam. Wariaci o instynktach morderczych bywają często spokojnymi, skromnymi ludźmi. Przemili faceci.

– Nie wydaje mi się – odrzekł Blore – by to był właśnie ten typ człowieka, doktorze.

II

Trzej mężczyźni wyruszyli, aby przeszukać wyspę. Zadanie okazało się nad wyraz łatwe. Od północnego zachodu skały gładkim zboczem prawie pionowo spadały do morza. W innych częściach wyspy nie było ani drzew, ani miejsc, gdzie ktoś mógłby się ukryć. Cała trójka przemierzała wyspę, metodycznie przeszukując każdy zakątek, pilnie przypatrując się każdemu załomowi, czy nie kryje się za nim wejście do jaskini. Ale nie było tu jaskiń.

Zeszli wreszcie nad wodę i spotkali generała Macarthura patrzącego z zadumą w morze. Panował tu prawdziwy spokój, przerywany jedynie łagodnym szumem fal załamujących się na skałach.

Stary generał siedział wyprostowany i jakby śledził coś na horyzoncie. Nie zwrócił uwagi na zbliżających się poszukiwaczy. Jego obojętność zrobiła na nich niemiłe wrażenie.

Blore pomyślał: „To nie jest naturalne... wygląda jak w transie".

Chrząknął i spróbował nawiązać rozmowę:

– Piękny, cichy zakątek znalazł pan sobie, generale.

Generał zmarszczył brwi. Rzucił szybkie spojrzenie przez ramię.

– Pozostało tak mało czasu... tak mało czasu. Muszę prosić panów, by nikt mi nie przeszkadzał.

Blore odrzekł pojednawczo:

– Nie mieliśmy zamiaru panu przeszkodzić. Wybraliśmy się na maleńką wycieczkę po wyspie. Byliśmy ciekawi, czy ktoś nie mógłby się tutaj ukryć.

Generał się skrzywił.

– Wy nic nie rozumiecie... nic nie wiecie. Proszę dać mi spokój.

Blore dał za wygraną. Gdy wrócił do swoich towarzyszy, stwierdził:

– On zwariował... nie można z nim w ogóle gadać.

– Cóż takiego powiedział? – zapytał z zaciekawieniem Lombard.

Blore wzruszył ramionami.

– Coś w tym rodzaju, że pozostało już niewiele czasu i że nie chce, by mu przeszkadzano.

Doktor Armstrong zmarszczył czoło.
– Hm... to ciekawe – mruknął.

III

Dalsze poszukiwania były bezcelowe. Trzej mężczyźni stali w najwyższym punkcie wyspy, patrząc na stały ląd. Na morzu ani jednej łodzi. Wiatr przybierał na sile.
– Nie widać nawet łodzi rybackich – odezwał się Lombard. – Nadchodzi burza. Przekleństwo, że nie widać stąd wioski. Moglibyśmy dawać sygnały...
– Moglibyśmy wieczorem rozpalić ogień – dodał Blore.
– Najgorsze jest to, że i ta możliwość została pewno udaremniona – skrzywił się Lombard.
– W jaki sposób?
– Czy ja wiem? Być może rozpowiedział we wsi, że chodzi o jakąś zabawę lub zakład. Na pewno zmyślił jakąś wściekle logiczną historyjkę. Jesteśmy porzuceni na tej wyspie i nikt nie ma zwracać uwagi na żadne sygnały.
Blore zapytał z powątpiewaniem:
– I myśli pan, że oni tam tak łatwo dali się nabrać?
– Łatwiej uwierzyć w kłamstwo niż w prawdę. Jeśliby nawet ktoś rozpowiedział, że wyspa ma być izolowana, dopóki niejaki pan Owen spokojnie nie wymorduje wszystkich gości, sądzi pan, że by uwierzyli?
Armstrong wtrącił się:
– Są chwile, kiedy sam przestaję w to wierzyć. A jednak...
Lombard wycedził przez zęby:
– A jednak... o to „jednak" właśnie chodzi. Słusznie pan to, doktorze, powiedział.
Blore patrzył na wodę.
– Przypuszczam, że nikt nie mógłby się tędy wdrapać? – zapytał.
Armstrong zaprzeczył ruchem głowy.

– Wątpię. Jest dość stromo. I gdzież miałby się ukryć?
– Ostatecznie w skale mogłoby być jakieś wgłębienie – odrzekł Blore. – Gdybyśmy mieli łódkę, moglibyśmy opłynąć wyspę.
– Gdybyśmy mieli łódkę – zauważył ironicznie Lombard – bylibyśmy w tej chwili w połowie drogi na ląd!
– Tak, to nie ulega wątpliwości.
Lombard odwrócił się nagle.
– Lepiej się jednak upewnić co do tej ściany skalnej. Jeśli jest tam jakiekolwiek wgłębienie, może się ono znajdować jedynie tutaj – na prawo, pod nami. Gdybyśmy znaleźli linę, spuściłbym się na dół, żeby się przekonać.
– Można się przekonać – odrzekł Blore – choć pozornie zakrawa to na absurd. Pójdę poszukać liny.
Szybko udał się w kierunku domu.
Lombard spojrzał na niebo. Chmury zaczęły się gromadzić coraz gęściej. Siła wiatru wzrastała. Zerknął na Armstronga.
– Cóż pan tak umilkł, doktorze? O czym pan myśli?
– Zastanawiałem się – rzekł lekarz powoli – do jakiego stopnia stary Macarthur... jest zwariowany.

IV

Vera była przez cały ranek niespokojna. Unikała towarzystwa Emily Brent, kierowana nieprzezwyciężoną odrazą.

Panna Brent usiadła na krześle za węgłem domu, by schronić się przed wiatrem. Była zajęta robótką na drutach.

Vera myślała o niej cały czas, wydawało się jej, że widzi bladą twarz utopionej dziewczyny, wodorosty we włosach, twarz kiedyś ładną... może bezwstydnie ładną, a teraz już znajdującą się poza zasięgiem litości czy strachu.

A Emily Brent, spokojna i pewna siebie, robiła na drutach.

Na głównym tarasie sędzia Wargrave zagłębił się wygodnie w fotelu klubowym. Głowę wcisnął w ramiona, jak gdyby nie miał szyi.

Wpatrując się w niego, Vera odniosła wrażenie, iż widzi człowieka na ławie oskarżonych – młodego człowieka o jasnych włosach, niebieskich oczach i twarzy, z której wyziera zdumienie i przestrach. Edward Seton... Zobaczyła w myślach, jak sędzia wkłada na głowę czarny biret i przystępuje do odczytania wyroku.

Wolno zeszła z tarasu nad morze. Dotarła aż do wysuniętego cypla wyspy, gdzie siedział stary człowiek wpatrzony w horyzont.

Generał Macarthur poruszył się na jej widok. Spojrzał z dziwną mieszaniną lęku i wątpliwości. To Verę spłoszyło. Badał ją wzrokiem dłuższą chwilę.

Pomyślała: „Dziwne. Całkiem jak gdyby wiedział...".

Generał przerwał milczenie.

– Ach, to pani! Przyszła pani...

Vera usiadła przy nim.

– Czy lubi pan tak siedzieć i obserwować morze?

Skinął łagodnie głową.

– Tak. To przyjemne. Poza tym myślę, że dobrze tu oczekiwać...

– Oczekiwać? – spytała nerwowo. – Czego pan oczekuje?

Odpowiedział dobrotliwie:

– Końca. Ale chyba pani sama wie o tym? Czyżbym się mylił? Wszyscy czekamy na to samo...

– Co pan ma na myśli?

– Nikt z nas nie opuści tej wyspy – odpowiedział poważnie. – To należy do planu. Wie pani o tym pewno doskonale. Nie rozumie pani prawdopodobnie tylko, jaką to sprawia ulgę.

Vera zapytała ze zdziwieniem:

– Ulgę?

— Tak. Oczywiście pani jest jeszcze bardzo młoda i... nie pragnie pani ulgi. Ale z czasem to przychodzi! Dociera się do punktu, kiedy wiadomo, że wszystko skończone... że dłużej nie trzeba dźwigać ciężaru. Pani również odczuje to pewnego dnia.

— Nie rozumiem pana — rzekła zmienionym głosem.

Poruszyła nerwowo palcami. Ten spokojny stary żołnierz napawał ją strachem. Macarthur odezwał się w zadumie:

— Wie pani, kochałem Leslie, kochałem ją szalenie...

— Czy Leslie była pańską żoną?

— Tak, moją żoną... kochałem ją... i byłem z niej dumny. Była taka ładna i taka wesoła.

Przez chwilę panowało milczenie.

— Tak, kochałem Leslie, dlatego to uczyniłem.

— Pan ma na myśli... — zaczęła, ale zaraz umilkła.

Generał Macarthur skinął głową.

— Właściwie nie ma tego po co taić, skoro wszyscy mamy umrzeć. Posłałem Richmonda na śmierć. Przypuszczam, że w pewnym sensie było to morderstwo. Dziwne. Morderstwo... a zawsze tak przestrzegałem prawa! Ale wtedy to nie wyglądało tak jak dzisiaj. Nie miałem wyrzutów sumienia. Myślałem sobie: dobrze mu tak, draniowi. Za to później...

Vera zapytała twardym głosem:

— I co później?

Potrząsnął niezdecydowanie głową. Minę miał strapioną i trochę niepewną.

— Nie wiem. Ja... nie wiem. Wszystko było inaczej. Nawet nie wiem, czy Leslie kiedykolwiek odgadła... Przypuszczam, że nie. Ale, wie pani, stała się dla mnie zupełnie obca. Oddaliła się ode mnie i nigdy nie mogliśmy się już porozumieć. Potem umarła... a ja zostałem sam.

Vera powtórzyła:

— Został pan sam... sam. — Echo jej słów odbiło się od skał.

— Pani również będzie szczęśliwa, gdy wreszcie nadejdzie koniec.

Vera wstała. Rzekła nerwowo:

— Nie wiem, co pan ma na myśli.

— Wiem wszystko, moje dziecko, wiem.

— Właśnie że nie. Pan nic nie rozumie!

Generał Macarthur znowu patrzał na morze. Wydawało się, że zapomniał o jej obecności.

Powiedział delikatnie i cicho:

— Leslie...

V

Gdy Blore powrócił z liną na ramieniu, zastał Armstronga wpatrzonego w jakiś punkt u podnóża skały. Blore zapytał bez tchu:

— Gdzie jest pan Lombard?

— Poszedł sprawdzić jeszcze jakąś hipotezę — odrzekł niedbale Armstrong. — Zaraz wróci. Wie pan co, jestem zaniepokojony.

— Wszyscy jesteśmy zaniepokojeni.

Lekarz ze zniecierpliwieniem machnął ręką.

— Oczywiście... oczywiście... Ale nie o to chodzi. Miałem na myśli starego Macarthura.

— Czy coś mu się stało?

— Ten, kogo szukamy, jest wariatem — odrzekł ponuro Armstrong. — Ile pan stawia na Macarthura?

Blore zagadnął z niedowierzaniem:

— Sądzi pan, że on jest zabójcą?

— Nie, nie sądzę. Ani przez chwilę by mi to na myśl nie przyszło. Nie jestem zresztą specjalistą od chorób umysłowych. Właściwie ani razu z nim nie rozmawiałem. Nie obserwowałem go pod tym kątem.

Blore przyznał niepewnie:

– Że pomylony, to prawda! Ale nie wydaje mi się, by...

Armstrong przerwał mu ze zdecydowanym wyrazem twarzy:

– Przypuszczalnie pan ma rację! Do diabła z tym wszystkim, ktoś musi ukrywać się na wyspie. No, nareszcie Lombard wraca.

Umocowali starannie linę.

– Będę się starał złazić o własnych siłach – rzekł Lombard. – Zwróćcie uwagę, gdybym nagle szarpnął.

Dłuższą chwilę obserwowali, jak zsuwa się po skale. Blore zauważył:

– Łazi jak kot.

Coś dziwnego brzmiało w jego głosie.

– Przypuszczam, że musiał kiedyś uprawiać wspinaczkę wysokogórską – odrzekł Armstrong.

– Być może.

Po chwili milczenia były inspektor policji zagadnął:

– Dość dziwny gość. Czy wie pan, co o nim myślę?

– Co?

– Że to niezły numer.

Armstrong spytał w zamyśleniu:

– Pod jakim względem?

Blore chrząknął.

– Tego się nie da tak dokładnie określić. Ale nie zaufałbym mu nigdy.

– Przypuszczam, że prowadził dość awanturnicze życie.

– Mógłbym się założyć, że niejedną z tych awantur okrywa tajemnica. – Przerwał. – Czy panu przyszłoby na myśl zabierać ze sobą rewolwer?

Armstrong wlepił w niego spojrzenie.

– Mnie? Na Boga, nie. Po co miałbym zabierać?

– A dlaczego pan Lombard to zrobił?

– Przypuszczam, że z przyzwyczajenia.

Blore parsknął śmiechem.

Nagle lina się naprężyła. Trzymali ją silnie przez pewien czas. Gdy napięcie zelżało, Blore odezwał się:

– Są, oczywiście, zwyczaje i zwyczaje. Nic by nie było dziwnego, gdyby Lombard, udając się w nieznane miejsca, zabierał ze sobą nie tylko rewolwer, ale i materac gumowy, prymus i proszek na owady. Ale nie ma takiego zwyczaju, który by tłumaczył zabieranie tych rzeczy tutaj. Tylko w książkach się czyta, że ludzie noszą ze sobą rewolwery najzwyczajniej w świecie.

Armstrong pokiwał głową z zakłopotaniem.

Pochylili się nad krawędzią i obserwowali wspinaczkę Lombarda. Poszukiwania, choć dokładne, nie dały rezultatu. Wkrótce Lombard przelazł przez krawędź skały. Otarł pot z czoła.

– Tak – rzekł. – To mamy już poza sobą. Jest albo w domu, albo nigdzie.

VI

Dom dało się bez trudu przeszukać. Najpierw przeszli nieliczne zabudowania, a później udali się do części mieszkalnej. Posługiwali się miarą metrową, którą znaleźli w szufladzie kuchennej. Ale nie było tu żadnych skrytek. Willa była nowocześnie zbudowana, z planowym wykorzystaniem przestrzeni. Zaczęli od parteru. Gdy znaleźli się na pierwszym piętrze, zobaczyli przez okno Rogersa roznoszącego na tarasie kieliszki z koktajlami.

Lombard wskazał na niego.

– Co za wspaniały służący! Jaką on ma obojętną minę.

Armstrong odrzekł z aprobatą:

– Rogers jest służącym pierwszej klasy, co do tego nie ma najmniejszych wątpliwości.

– Jego żona była doskonałą kucharką – dodał Blore. – Wczorajsza kolacja... palce lizać.

Weszli do jednego z pokoi sypialnych.

Po przejściu pierwszego piętra doszli do przekonania, że nie może tu istnieć żadna kryjówka.

– Tędy prowadzą wąskie schody do góry – zauważył Blore.

– Prowadzą do pokoju służbowego – odpowiedział Armstrong.

– Na strychu musi znajdować się rezerwuar z wodą – zastanawiał się Blore. – Być może, jest tam jakaś kryjówka, to zresztą jedyna możliwość.

I właśnie w tej chwili usłyszeli niewyraźne szmery dochodzące z góry. Ktoś tam cicho stąpał.

Wszyscy słyszeli to wyraźnie. Armstrong chwycił Blore'a za ramię. Lombard podniósł ostrzegawczo palce do góry.

– Cicho, słuchajcie!

Znowu usłyszeli, jak ktoś szybko poruszał się na górze, miękko stawiając kroki.

– Ktoś jest w pokoju służbowym. Tam, gdzie leży ciało pani Rogers.

– Ależ oczywiście – wyszeptał Blore – to najlepsze miejsce, jakie można sobie wybrać na kryjówkę! Nikt nie ma ochoty tam wchodzić. A teraz cichutko, jak tylko możecie.

Ukradkiem wspinali się po schodach.

Na korytarzu, przed drzwiami służbówki, przystanęli. Tak, ktoś był w środku. Dochodziło ich ciche trzeszczenie podłogi.

Blore szepnął:

– Teraz.

Pchnął drzwi i skoczył do środka, pozostali dwaj za nim.

Wszyscy trzej stanęli jak wryci.

W pokoju stał Rogers, trzymając w ręce jakieś części garderoby.

VII

Pierwszy oprzytomniał Blore.
– Przepraszamy was, Rogers. Słyszeliśmy tutaj kroki i myśleliśmy... hm... – Przerwał.
Rogers rzekł:
– To ja panów bardzo przepraszam. Właśnie zabierałem stąd swoje rzeczy. Przypuszczam, że panowie nie będą mieli nic przeciwko temu, że zajmę jeden z pustych pokoi gościnnych na piętrze? Ten najmniejszy pokoik?
Ponieważ zwracał się do Armstronga, ten odpowiedział:
– Ależ oczywiście, oczywiście. Możecie się przeprowadzić.
Starał się nie patrzeć na zakryte prześcieradłem ciało.
Rogers odparł:
– Dziękuję panu.
Obładowany rzeczami zaczął schodzić na pierwsze piętro. Armstrong zbliżył się do łóżka i, podniósłszy prześcieradło, spojrzał na pełną spokoju twarz zmarłej.
– Żałuję, że nie mam tu odczynników, aby zbadać, jaka to była trucizna.
Odwrócił się do towarzyszy.
– Dajmy temu spokój. Co do mnie, jestem święcie przekonany, że nikogo nie znajdziemy.
Blore mocował się z zasuwką u drzwiczek prowadzących do wnęki.
– Ten gagatek porusza się diabelnie cicho. Przed minutą czy dwiema widzieliśmy go na tarasie. Żaden z nas nie słyszał, kiedy wszedł tutaj.
– Pewnie dlatego, iż z góry przyjęliśmy, że tylko ktoś obcy mógł się tu ukrywać – rzekł Lombard.
Blore zniknął w ciemnej wnęce. Lombard wyjął z kieszeni latarkę elektryczną i wsunął się za nim. Pięć minut później stanęli na klatce schodowej. Byli brudni, pokryci pajęczynami, twarze mieli ponure. Na wyspie nie było nikogo prócz ich ośmiorga.

ROZDZIAŁ DZIEWIĄTY

I

Lombard odezwał się powoli:
– A więc pomyliliśmy się... i to we wszystkim! Ponieważ zbiegły się ze sobą dwa zgony, zbudowaliśmy jakąś fantastyczną hipotezę!
– Dowody przemawiają za czym innym – odrzekł poważnie lekarz. – Znam się trochę na samobójstwach z racji mego zawodu. Anthony Marston nie był typem samobójcy.
Lombard zapytał z powątpiewaniem:
– A nie mógł to być, przypuśćmy, zwykły przypadek?
– Diablo dziwny przypadek – parsknął Blore.
Nastąpiła chwila milczenia, którą przerwał Blore:
– Jeśli chodzi o tę kobietę...
– Panią Rogers?
– Tak, czy jest możliwe, że to był właśnie przypadek?
– Co pan przez to rozumie? – zagadnął Lombard.
Blore lekko się zmieszał, jego czerwona twarz przybrała bardziej ceglasty odcień.
– Dał jej pan, doktorze, jakiś narkotyk! – wyrwało mu się pod wpływem nagłego impulsu.
Armstrong spojrzał na niego.
– Narkotyk? Co pan ma na myśli?
– Ostatni wieczór. Przecież pan sam powiedział, że dał jej coś na sen.
– Och, tak. Niewinny środek uspokajający.
– Co to był za środek?
– Niewielka dawka bromuralu. To całkiem nieszkodliwe.
Twarz Blore'a poczerwieniała.

– Proszę się nie obrazić, ale czy nie dał jej pan zbyt dużej dawki?

– Nie wiem, o co panu chodzi – odrzekł gniewnie Armstrong.

– Czy nie mógł się pan po prostu pomylić? Takie rzeczy zdarzają się przecież czasami.

– Nie mnie. To posądzenie jest wręcz śmieszne. – Po chwili zapytał chłodno: – A może chciał pan zasugerować, że... zrobiłem to celowo?

Philip Lombard wtrącił szybko:

– Słuchajcie, panowie, powinniśmy trzymać się razem. Wzajemne oskarżanie się nie doprowadzi do niczego.

– Przypuszczałem jedynie, że doktor mógł się pomylić – rzekł Blore na swe usprawiedliwienie.

Doktor Armstrong uśmiechnął się z przymusem.

– Lekarze nie mogą sobie pozwolić na pomyłki tego rodzaju.

Blore odpowiedział z rozmysłem:

– To nie była pierwsza, jaką pan popełnił... jeśli oczywiście mamy wierzyć płycie gramofonowej.

Armstrong zbladł, a Philip Lombard krzyknął gniewnie na Blore'a:

– Kto panu pozwolił bawić się w oskarżyciela? Znajdujemy się na tej samej łodzi i musimy wspólnie wiosłować. Na pana też padł zarzut krzywoprzysięstwa!

Blore postąpił krok naprzód, zacisnął pięści.

– Do diabła z tym krzywoprzysięstwem! To plugawe kłamstwo. – Zwrócił się do Lombarda: – Może pan próbuje zmusić mnie do milczenia, ale pragnę dowiedzieć się czegoś, co dotyczy pana.

Lombard uniósł brwi.

– Dotyczy mnie?

– Tak, chciałbym wiedzieć, dlaczego pan zabrał ze sobą broń na tę przyjemną wizytę.

– Tak bardzo panu zależy na odpowiedzi?
– Tak, panie Lombard.

Lombard rzekł niespodziewanie:

– Z pana, mój drogi, nie jest znów taki głupiec, na jakiego pan wygląda.

– Być może. Ale co z rewolwerem?

Lombard się zaśmiał.

– Wziąłem go ze sobą, gdyż spodziewałem się, że mogą tutaj zaistnieć pewne szczególne sytuacje.

Blore odrzekł podejrzliwie:

– Ale nic pan o tym nie mówił wczorajszego wieczora.

Lombard skinął głową.

– Czy przygotował pan broń przeciwko nam? – nalegał Blore.

– W pewnej mierze tak – odrzekł Lombard.

– Proszę, proszę, słuchamy.

– Pozwoliłem wam wszystkim przypuszczać – ciągnął powoli Lombard – że zostałem tu zaproszony jako gość. To niezupełnie zgadza się z prawdą. Porozumiał się ze mną pewien Żyd, niejaki Morris. Zaproponował mi sto gwinei za to, iż tu przyjadę. Miałem – jak się wyraził – mieć oczy otwarte. Według niego potrafię dać sobie radę w każdej sytuacji.

– No i co dalej? – Blore niecierpliwił się.

Lombard rzekł z uśmiechem:

– Nic. To wszystko.

Armstrong zapytał:

– Chyba dostał pan jakieś ściślejsze instrukcje?

– Nie, nic więcej nie chciał powiedzieć. Dodał tylko, że mogę propozycję przyjąć lub odrzucić. Byłem w dość trudnej sytuacji. Zgodziłem się.

Blore nie wyglądał na przekonanego.

– Dobrze, ale czemu nie powiedział pan nam tego wczoraj wieczór?

– Mój drogi panie... – Lombard wzruszył ramionami. – Czy mogłem wiedzieć, że to właśnie jest ten decydujący moment, na który miałem czekać? Przyczaiłem się, wymyśliwszy tę niewinną historyjkę.

– A teraz myśli pan inaczej? – zapytał przebiegle Armstrong.

Wyraz twarzy Lombarda uległ zmianie. Rysy stwardniały, spochmurniał.

– Tak. Widzę teraz, że znalazłem się w tej samej sytuacji co reszta towarzystwa. Te sto gwinei pana Owena okazało się tylko taką małą przynętą, która miała mnie wciągnąć w pułapkę. – Powoli cedził słowa: – Że znajdujemy się w pułapce, to pewne – daję za to głowę. Pani Rogers nie żyje, Anthony Marston nie żyje! Figurki znikają z jadalni. O, na każdym kroku widać rękę Owena, ale, do pioruna, gdzie jest ten Owen?

Na dole zadźwięczał gong na obiad.

II

Rogers stał w drzwiach jadalni. Gdy trzej panowie zeszli po schodach, zbliżył się do nich i rzekł niespokojnym głosem:

– Mam nadzieję, że lunch będzie panom smakował. Jest szynka, ozór marynowany, ugotowałem nieco kartofli. Poza tym ser, biszkopty i owoce z puszek.

– To brzmi zachęcająco – odrzekł Lombard. – Więc spiżarnia jest nieźle zaopatrzona?

– Jest dużo jedzenia, proszę pana, pełno rozmaitych konserw. To zresztą konieczne ze względu na możliwość przerwy w dostawach z lądu.

Lombard skinął głową.

Rogers wszedł za trzema mężczyznami do jadalni, mrucząc pod nosem:

– Martwi mnie, że Fred Narracott nie zjawił się dzisiaj. To szczególny pech.

– Tak – rzekł Lombard – szczególny pech, doskonałe określenie.

Panna Brent zjawiła się w jadalni. Przed chwilą spadł jej na podłogę kłębek włóczki i teraz zwijała ją z powrotem. Usiadłszy przy stole, zauważyła:

– Pogoda się zmienia. Wiatr stał się porywisty, widać już białe bałwany na morzu.

Do pokoju wszedł sędzia Wargrave. Stąpał powolnym, odmierzonym krokiem. Spod krzaczastych brwi obrzucił obecnych bystrym spojrzeniem.

– Państwo mieli dość pracowity ranek.

W jego głosie dźwięczała nutka ironii.

Vera Claythorne wpadła jak bomba. Oddychała szybko.

– Mam nadzieję, że państwo nie czekali na mnie? Chyba się nie spóźniłam?

– Nie jest pani ostatnia – odpowiedziała Emily Brent. – Nie ma jeszcze generała.

Usiedli dokoła stołu.

Rogers zwrócił się do panny Brent:

– Czy można podawać, proszę pani, czy też zaczekamy?

Vera rzekła:

– Generał Macarthur siedzi nad brzegiem morza. Wątpię, by z tej odległości dosłyszał gong. Poza tym – zawahała się – robi wrażenie człowieka... trochę nienormalnego.

Rogers zaofiarował się szybko:

– Pójdę mu powiedzieć, że obiad już podany.

Doktor Armstrong zerwał się z krzesła:

– Ja pójdę – powiedział. – Proszę nie czekać z jedzeniem.

Opuścił pokój. Usłyszał za sobą głos Rogersa:

– Czy podać pani szynkę, czy ozór marynowany?

III

Pięć osób siedzących przy stole z trudem podtrzymywało rozmowę. Na dworze wiatr to zrywał się, to cichł nagle. Vera dostała lekkich dreszczy.

– Nadchodzi burza.

Blore zaczął opowiadać:

– Wczoraj w pociągu z Plymouth siedział jakiś rybak. Wciąż powtarzał, że będziemy mieli burzę. To nadzwyczajne, jak ci ludzie morza potrafią przepowiedzieć pogodę.

Rogers obszedł stół, zbierając talerze. Nagle przystanął.

– Ktoś biegnie... – rzekł dziwnym, przerażonym głosem.

Teraz wszyscy mogli to usłyszeć – ktoś biegł po tarasie.

Od razu wiedzieli – wiedzieli bez słowa... Jak na komendę wszyscy zerwali się na równe nogi. Stali wpatrzeni w drzwi.

Doktor Armstrong wpadł, oddychając z trudem.

– Generał Macarthur...

– Nie żyje! – Słowa te jak pocisk wypadły z ust Very.

– Tak, nie żyje...

Nastąpiła długa chwila milczenia.

Siedem osób spoglądało na siebie, żadna z nich nie mogła wymówić słowa.

IV

Burza rozpętała się właśnie, gdy ciało starego człowieka wnoszono do domu. Reszta towarzystwa stała w holu. Deszcz lunął nagle, z rykiem i szumem.

Gdy Blore i Armstrong wnosili zwłoki po schodach, Vera odwróciła się nagle i weszła do pustej jadalni.

Nic się tu nie zmieniło. Talerz z deserem stał na bocznym stoliku nienaruszony. Vera zbliżyła się do stołu. Nie minęła minuta, gdy Rogers cicho wśliznął się do jadalni. Drgnął na jej widok. Oczy jego wyrażały pytanie.

– O, przepraszam panią, chciałem się tylko przekonać...

Donośnym, ostrym głosem, który ją samą zadziwił, Vera odpowiedziała:

– Macie rację, Rogers. Spójrzcie. Jest ich już tylko siedem...

V

Położyli generała na jego łóżku. Armstrong, zbadawszy go jeszcze raz, opuścił pokój i zeszedł na dół. Zastał wszystkich zebranych w salonie.

Panna Brent robiła na drutach. Vera stała przy oknie i wpatrywała się w strugi deszczu na szybach. Blore siedział sztywno na krześle, z rękami na kolanach. Lombard spacerował niespokojnie tam i z powrotem. W rogu sędzia Wargrave siedział w wygodnym fotelu. Oczy miał na wpół przymknięte.

Otworzył je szeroko, gdy zjawił się doktor.

– I cóż, panie doktorze?

Armstrong był bardzo blady.

– Nie ma mowy o ataku serca ani w ogóle o śmierci naturalnej. Został uderzony w tył głowy pałką sprężynową lub czymś podobnym.

Szmer przeszedł po pokoju, ale głos sędziego dominował nad innymi.

– Czy znalazł pan narzędzie, którego użył zabójca?
– Nie.
– Lecz jest pan pewny swego orzeczenia?
– Najzupełniej.

Wargrave rzekł ze spokojem:

– A więc choć jedno jest wiadome.

Nie było najmniejszej wątpliwości, kto teraz im przewodził. Sędzia spędził cały poranek skulony w fotelu na tarasie, powstrzymując się od działania. Obecnie objął komendę z łatwością, jaką daje długie sprawowanie urzędu.

Przełknąwszy ślinę, odezwał się ponownie:

– Dzisiejszego ranka, gdy siedziałem na tarasie, miałem możność obserwować wasze poczynania. Nie nastręczały one żadnych wątpliwości. Przeszukiwaliście wyspę, chcąc znaleźć nieznanego mordercę?

– Zgadza się – rzekł Lombard.

Sędzia ciągnął dalej:

– Panowie doszli pewno do tej samej konkluzji co ja, mianowicie, że śmierć Anthony'ego Marstona i pani Rogers nie była ani przypadkowa, ani samobójcza. Nie ulega również wątpliwości, że domyślają się państwo celu, jaki miał pan Owen, zapraszając nas tutaj.

– To jakiś wariat – odezwał się zachrypniętym głosem Blore. – Szaleniec.

Sędzia zakaszlał.

– Możemy się z tym zgodzić. Ale nie rozwiązuje to sprawy. A sprawą, którą powinniśmy się zająć, jest ratowanie naszego życia.

– Nie ma nikogo na wyspie – odezwał się drżącym głosem Armstrong. – Mogę pana zapewnić, że nie ma tu nikogo!

Sędzia gładził podbródek. Powiedział łagodnie:

– W sensie, w jakim pan to rozumie, oczywiście, że nie. Doszedłem do tego wniosku rano. Mógłbym wam od razu powiedzieć, że wasze poszukiwania będą bezowocne. Niemniej jestem święcie przekonany, że pan Owen (nazwijmy go tak, jak sam siebie nazwał) znajduje się na wyspie. I to z całą pewnością. Jeśli przyjmiemy hipotezę, że ktoś chciał zabawić się w sędziego w wypadkach, w których litera prawa okazała się bezsilna, musimy się zgodzić, iż miał tylko jedną drogę do wyboru. Pan Owen mógł, nie wzbudzając podejrzeń, przybyć na wyspę tylko w jeden sposób. Sprawa jest zupełnie jasna. Pan Owen to ktoś z nas...

VI

– Ach, nie, nie... – wybuchnęła Vera prawie z jękiem.
Sędzia spojrzał na nią przenikliwie.
– Moja droga pani, nadeszła pora, kiedy trzeba spojrzeć prawdzie w oczy. Grozi nam wszystkim poważne niebezpieczeństwo! Ktoś z nas jest tym U.N. Owenem. Ale nie wiemy, kto właśnie. Spośród dziesięciu osób, które przybyły na wyspę, trzy już nie wchodzą w rachubę. Anthony Marston, pani Rogers i generał Macarthur znajdują się poza zasięgiem podejrzeń. Pozostało nas siedmioro. Z tych siedmiorga jedno jest – jeśli wolno mi się tak wyrazić – takim nieprawdziwym żołnierzykiem. – Przerwał i spojrzał dokoła. – Czy państwo zgadzają się z mymi wywodami?

Armstrong odpowiedział:
– To brzmi fantastycznie, ale sądzę, że ma pan rację.
– Nie ulega wątpliwości – dodał Blore. – Ale jeśli chodzi o mnie, mam pewien pomysł.

Sędzia Wargrave powstrzymał go szybkim ruchem ręki. Rzekł ze spokojem:
– Zaraz do tego przejdziemy. Na razie chciałbym ustalić, czy wszyscy zgadzają się z moją interpretacją faktów...
– Pańskie rozumowanie jest dość logiczne – przyznała Emily Brent, nie przerywając roboty. – Zgadzam się z tym, że ktoś z nas jest opętany przez diabła.

Vera wyszeptała:
– Trudno mi w to uwierzyć... Nie mogę.

Wargrave zapytał jeszcze:
– A pan, panie kapitanie?
– Zgadzam się z panem całkowicie – rzekł Lombard.

Sędzia skinął głową z zadowoleniem.
– A teraz przeanalizujmy fakty. Na początku musimy się zastanowić, czy nasze podejrzenia nie padną na konkret-

ną osobę. Panie Blore, wydaje mi się, że pan chciał coś powiedzieć?

Blore odetchnął głęboko.

– Lombard ma rewolwer. Wczorajszego wieczora nie powiedział prawdy. Zresztą przyznał się do tego.

Philip Lombard zaśmiał się z lekceważeniem.

– Przypuszczam, że lepiej będzie, jeśli jeszcze raz wytłumaczę się ze wszystkiego.

Opowiedział swoją historię krótko i zwięźle.

– Jak pan to udowodni? – zapytał surowo Blore. – Nic nie potwierdza pańskiej historyjki.

Sędzia zakaszlał.

– Niestety – rzekł – wszyscy znajdujemy się w podobnej sytuacji. Jedynie własne słowa przemawiają za nami. – Pochylił się naprzód. – Nie ma wśród nas nikogo, kto by nie pojął, w jak szczególnej sytuacji się znajdujemy. Według mnie do przyjęcia jest tylko jeden sposób postępowania. Czy jest tutaj ktoś, kto mógłby być zwolniony od podejrzeń na podstawie dowodów, które są w naszym posiadaniu?

Doktor Armstrong się ożywił.

– Jestem znanym lekarzem. Sama myśl, że mógłbym być podejrzany...

Ruch ręki sędziego nie pozwolił mu dokończyć zdania. Wargrave rzekł swym cichym, pewnym głosem:

– Ja również jestem znaną osobistością. Ale to, mój drogi panie, oznacza mniej niż nic! Zdarzały się wypadki szaleństwa wśród lekarzy. To samo mógłbym powiedzieć o sędziach. Nie wspominając już – spojrzał na Blore'a – o policjantach.

– W każdym razie przypuszczam, że kobiety stawia pan poza podejrzeniem? – wtrącił Lombard.

Sędzia uniósł brwi. Odrzekł swoim słynnym cierpkim tonem, tak dobrze znanym z rozpraw:

– Czy mam przez to rozumieć, iż kobiety według pana nie mogą ulec manii morderczej?

– Wcale tak nie sądzę – rzekł zirytowany Lombard. – Ale, mimo wszystko, w tym wypadku wydaje mi się to mało prawdopodobne.

Zamilkł. Sędzia zwrócił się do Armstronga tym samym nieprzyjemnym tonem:

– Czy można przyjąć, że kobieca ręka potrafiłaby zadać cios, który zabił biednego Macarthura?

Lekarz odpowiedział spokojnie:

– Najzupełniej, jeśli byłaby uzbrojona w odpowiednie narzędzie, na przykład pałkę sprężynową lub coś w tym rodzaju.

– Nie wymagałoby to specjalnego wysiłku?

– Bynajmniej.

Głowa sędziego poruszyła się kilkakrotnie na krótkiej szyi.

– Pozostałe dwa wypadki śmierci spowodowała trucizna. Ten sposób, chyba nikt nie zaprzeczy, nie wymaga użycia siły fizycznej.

Vera zawołała ze złością:

– Pan chyba zwariował!

Powoli zwrócił oczy w jej kierunku. Było to chłodne spojrzenie mężczyzny przyzwyczajonego do wymierzania sprawiedliwości.

„Spojrzał na mnie, jak... jak gdybym była podsądną. I... – zaskoczyła ją ta nagła myśl – nie bardzo mnie lubi".

Sędzia ciągnął swym spokojnym głosem:

– Moja droga pani, proszę się opanować. Nie oskarżałem pani. – Skłonił się w kierunku panny Brent. – Przypuszczam, że nie obrazi pani, panno Brent, moje twierdzenie, że wszyscy w równej mierze jesteśmy podejrzani.

Emily Brent dalej robiła na drutach. Nie podniosła oczu znad roboty. Chłodno odpowiedziała:

– Sama myśl, że mogłabym być posądzona o pozbawienie życia kogokolwiek – nie mówiąc o życiu trzech osób – jest absurdalna. Oczywiście dla każdego, kto zna mnie choć trochę. Niemniej przyznaję, że wszyscy tutaj jesteśmy sobie nawzajem obcy i w tych okolicznościach nikt nie może być uniewinniony bez dowodów. Mówiłam już, że wśród nas znajduje się diabeł.

– A więc zgadzamy się. Nie może tu być mowy o jakiejś eliminacji na podstawie cech charakteru czy pozycji społecznej.

Lombard zapytał:

– A co będzie z Rogersem?

Sędzia spojrzał na niego bez zmrużenia oka.

– Jak to, co będzie?

– Według mnie Rogersa można wykluczyć.

– Naprawdę? A to na jakiej podstawie?

– On nie ma głowy do takich rzeczy. A poza tym jego żona była jedną z ofiar.

Brwi sędziego ponownie uniosły się do góry.

– Mój młody przyjacielu, podczas mojej praktyki stawało przede mną wielu ludzi oskarżonych o zabójstwo żon... i wina została im udowodniona.

– Wiem o tym doskonale – rzekł Lombard. – Zabójstwo żony nie jest niczym nadzwyczajnym. Ale w tym wypadku! Mogę uwierzyć, że Rogers zabił żonę w obawie, iż się załamie i wyda go, lub że miał już jej dosyć albo wreszcie zamierzał związać się z jakąś dzierlatką. Lecz nie mogę go sobie wyobrazić jako zwariowanego Owena, wykonującego szaleńcze wyroki sprawiedliwości i podnoszącego rękę na własną żonę za zbrodnię, której byli wspólnikami.

– Popełnia pan pewien błąd. Nie wiemy wcale, czy Rogers i jego żona zamordowali swoją chlebodawczynię. Oskarżenie, które tutaj padło, mogło celowo usprawiedliwiać pobyt Rogersa na wyspie, stawiając go w tej samej sytuacji co nas.

A wczorajsze przerażenie pani Rogers mogło być spowodowane tym, że zdała sobie nagle sprawę, iż jej mąż uległ obłędowi.

– Dobrze – zgodził się Lombard. – Przyjmujemy pana teorię. U.N. Owen jest jednym z nas. Żadnych wyjątków. Wszyscy jesteśmy podejrzani.

Wargrave skinął głową.

– To był właśnie mój punkt widzenia. Nie może być żadnych wyjątków z racji czyjegoś charakteru czy pozycji lub też prawdopodobieństwa. Ale musimy teraz zbadać, czy nie istnieją możliwości wyeliminowania jednej lub więcej osób na podstawie faktów. Mówiąc po prostu, czy jest wśród nas ktoś, kto nie mógł wsypać trucizny Marstonowi, podać pani Rogers śmiertelnej dawki środka nasennego lub wymierzyć ciosu, który zabił generała Macarthura.

Twarz Blore'a się rozjaśniła.

– Dobrze pan to powiedział – rzekł, pochylając się naprzód. – Właśnie tu tkwi sedno sprawy. Musimy się tym zająć. Jeśli chodzi o młodego Marstona, nie wiem, czy da się coś rozstrzygnąć. Zasugerowaliśmy się tym, że ktoś z zewnątrz wsypał mu truciznę do szklanki. Lecz każda z osób będących w pokoju mogła to uczynić z jeszcze większą łatwością. Nie pamiętam, czy Rogers był w pokoju, ale każdy z nas mógł to bez trudu zrobić.

Po krótkiej przerwie podjął:

– Zajmijmy się teraz tą kobietą. Osoby najbardziej podejrzane to jej mąż i doktor. Każdy z nich mógł równie łatwo spowodować jej śmierć...

Armstrong zerwał się na równe nogi. Drżał.

– Protestuję! Nie jest pan powołany do wygłaszania podobnych sądów. Przysięgam, że dawka była całkowicie...

– Panie doktorze!

Zgryźliwy ton sędziego zmusił go do milczenia. Lekarz przerwał w połowie zdania. Chłodny, cichy głos ciągnął dalej:

– Pańskie oburzenie jest zupełnie naturalne. Niemniej musi pan przyznać, że powinniśmy spojrzeć faktom w oczy. Nie ulega wątpliwości, że pan lub Rogers mogliście zaaplikować fatalną dawkę z największą łatwością. Ale... zastanówmy się teraz nad innymi osobami. Czy ja, inspektor Blore, panna Brent, panna Claythorne albo pan Lombard nie mieliśmy również okazji podać trucizny? Czy ktokolwiek z nas może być całkowicie wolny od podejrzeń? – Zamilkł. – Sądzę, że nie.

Vera rzekła ze złością:

– Nie zbliżałam się do tej kobiety. Wszyscy możecie to potwierdzić.

Sędzia Wargrave zaczekał chwilę, po czym rzekł:

– O ile mnie pamięć nie myli, fakty przedstawiają się następująco, ale proszę mnie poprawić, jeśli coś przekręcę: panią Rogers zaniósł na sofę Anthony Marston, potem podeszli do niej doktor Armstrong i Lombard. Doktor posłał Rogersa po brandy. Potem prowadzono rozmowę na temat głosu, który tylko co usłyszeliśmy. Wszyscy udaliśmy się do sąsiedniego pokoju, z wyjątkiem panny Brent, która została sama z nieprzytomną kobietą.

Na policzki Emily Brent wystąpiły plamy rumieńców. Przerwała robotę na drutach i rzekła:

– To obelga!

Cichy głos ciągnął niewzruszenie:

– Gdy wróciliśmy do salonu, panna Brent pochylała się nad chorą leżącą na sofie.

Emily Brent przerwała mu:

– Czy zwykły ludzki odruch jest czynem kryminalnym?

Sędzia mówił dalej:

– Staram się jedynie uzgodnić fakty. Następnie wszedł Rogers z kieliszkiem brandy, do której oczywiście mógł coś wsypać przed wejściem do pokoju. Chorej wlano trunek do ust i zaraz potem Rogers wraz z doktorem zanieśli ją do łóżka. Następnie doktor Armstrong dał jej środek uspokajający.

Blore rzekł:

– Istotnie, wszystko odbyło się w ten sposób. To pewne. Wobec czego odpadają: pan, Lombard, ja i panna Claythorne.

Jego głos był donośny i triumfujący. Sędzia skierował na niego zimne spojrzenie i mruknął:

– Czyżby? Musimy brać w rachubę wszystkie możliwe ewentualności.

Blore popatrzał na niego ze zdziwieniem.

– Nie rozumiem.

Wargrave podjął:

– Więc przypuśćmy, że pani Rogers leży w łóżku. Środek nasenny, zaaplikowany przez lekarza, zaczyna działać. Robi się coraz bardziej śpiąca i uległa. I właśnie wtedy ktoś puka do drzwi, wchodzi do pokoju, przynosi jej tabletkę czy proszek i mówi, że z polecenia lekarza powinna to jeszcze zażyć. Czy sądzą państwo, że choć przez chwilę zastanawiałaby się nad zażyciem tego środka?

Nastąpiło milczenie. Blore założył nogę na nogę i zmarszczył czoło. Wreszcie odezwał się Lombard:

– Ta cała historia nie bardzo trafia mi do przekonania. Nikt z nas nie opuszczał pokoju przez parę godzin. Potem nastąpiła śmierć Marstona. Byliśmy nią bardzo przejęci.

– Ktoś mógł znacznie później wyjść ze swej sypialni – rzekł sędzia w zamyśleniu.

– Ale wtedy natknąłby się na Rogersa – obstawał przy swoim Lombard.

Armstrong się poruszył.

– Nie. Rogers zszedł na dół, by uporządkować jadalnię i spiżarnię. Każdy z nas mógł wejść do pokoju służbowego, nie będąc przez nikogo widzianym.

— Ale zapewne — wtrąciła Emily Brent — ta kobieta była już pogrążona we śnie po zażyciu środka nasennego, który pan jej zaaplikował?

— To jest w pewnej mierze możliwe, choć brak nam pewności. Dopiero po parokrotnym zapisaniu pacjentowi jakiegoś środka można się zorientować, jak będzie reagował na dany narkotyk. Niekiedy mija dość długi okres, nim środek nasenny zacznie działać.

Lombard rzekł drwiąco:

— Oczywiście, musiał pan to w ten sposób przedstawić, doktorze.

Twarz lekarza poczerwieniała pod wpływem wzbierającej złości. Ale chłodny, beznamiętny głos zahamował słowa cisnące się na wargi:

— Wzajemne oskarżanie nie przyniesie żadnych wyjaśnień. Mieliśmy ustalić fakty. I doszliśmy do przekonania, że nikt z nas nie może być uwolniony od podejrzeń. Przyznaję, że stopień prawdopodobieństwa nie jest duży. Zjawienie się, na przykład, panny Brent czy panny Claythorne w pokoju pani Rogers nie powinno było wywołać zdziwienia u chorej. Przyznaję, że pojawienie się moje czy też inspektora Blore'a lub kapitana Lombarda byłoby co najmniej trochę dziwne, mimo to sądzę, że nasza wizyta nie wzbudziłaby jakichkolwiek podejrzeń.

Blore zapytał:

— Dobrze, ale do czego to wszystko prowadzi?

VII

Sędzia Wargrave, gładząc wąsy i patrząc swym zimnym, obojętnym wzrokiem, odrzekł:

— Jeśli chodzi o drugie zabójstwo, doszliśmy znów do przekonania, że nikt z nas nie może być całkowicie uwolniony od podejrzeń.

Spojrzał na wszystkich, po czym ciągnął:

– Przejdźmy z kolei do śmierci generała Macarthura. Nastąpiła ona dziś rano. Chciałbym zapytać, czy ktoś z państwa może udowodnić swoje alibi? Jeśli chodzi o mnie, stwierdzam, że go nie mam. Spędziłem poranek na tarasie, medytując nad szczególną sytuacją, w jakiej się znaleźliśmy. Siedziałem w fotelu całe przedpołudnie, aż do uderzenia gongu. Niemniej muszę przyznać, że chwilami nikt mnie nie widział, wtedy mogłem pójść nad brzeg morza, zabić generała i powrócić na fotel. Za podstawę alibi może więc posłużyć jedynie moje twierdzenie, że ani razu nie opuściłem tarasu. W tych okolicznościach nie jest to wystarczające. Potrzeba nam dowodu.

Z kolei zabrał głos Blore:

– Byłem cały ranek z doktorem Armstrongiem i Lombardem. Obaj mogą to potwierdzić.

– Poszedł pan do domu po linę – rzekł Armstrong.

– Oczywiście, że poszedłem. Poszedłem i zaraz wróciłem. Pan wie, że tak było.

– Trwało to jednak dłuższy czas.

Blore poczerwieniał.

– Co, u diabła, pan sobie wyobraża, panie doktorze?

– Po prostu stwierdziłem, że był pan przez dłuższy czas nieobecny.

– Przecież musiałem znaleźć linę. Czy sądzi pan, że wystarczy wyciągnąć rękę, by natrafić na zwój lin?

Sędzia zapytał:

– Czy podczas nieobecności inspektora panowie byli razem?

– Oczywiście – odrzekł Armstrong zapalczywie. – To znaczy... Lombard oddalił się na parę minut. Ja pozostałem na miejscu.

Lombard wyjaśnił z uśmieszkiem na ustach:

– Chciałem zbadać, czy istnieją możliwości przesłania sygnałów świetlnych na ląd stały. Szukałem odpowiedniego miejsca. Byłem nieobecny zaledwie parę minut.

Armstrong skinął głową.

– Tak jest, parę minut. Zapewniam państwa, że był to zbyt krótki okres, by móc popełnić morderstwo.

Sędzia zapytał:

– Czy któryś z panów spojrzał na zegarek?

– Nie.

– Nie miałem nawet ze sobą zegarka – dodał Lombard.

Wargrave rzekł krótko:

– Parę minut to nie jest dokładne określenie.

Zwrócił się do wyprostowanej postaci trzymającej robótkę na kolanach:

– A pani, panno Brent?

– Przeszłam się z panną Claythorne aż na wierzchołek wyspy. Później usiadłam w słońcu na tarasie.

– Nie przypominam sobie, bym panią widział – rzekł sędzia.

– Bo siedziałam za węgłem domu, od wschodniej strony, która jest osłonięta od wiatru.

– I siedziała pani tak aż do obiadu?

– Tak.

– Panna Claythorne?

Vera z gotowością zaczęła opowiadać:

– Wczesne przedpołudnie spędziłam w towarzystwie panny Brent. Potem zeszłam nad morze i rozmawiałam z generałem Macarthurem.

Wargrave przerwał:

– Która to była godzina?

Tym razem Vera zrobiła niepewną minę.

– Nie wiem. Myślę, że było to na godzinę przed lunchem, a może nawet wcześniej.

– Czy było to przed, czy po naszej rozmowie z generałem? – zagadnął Blore.

– Nie wiem... On... on w ogóle był jakiś dziwny.

– W jakim znaczeniu... dziwny? – zainteresował się sędzia.

– Mówił, że wszystkich nas czeka śmierć... że oczekuje końca. Przeraził mnie.

Sędzia skinął głową.

– Co pani następnie robiła?

– Wróciłam do domu. Potem, bezpośrednio przed obiadem, poszłam znów na wzgórze za domem. Byłam cały dzień bardzo zdenerwowana.

Wargrave uderzył palcem po brodzie.

– Pozostaje nam już tylko Rogers. Chociaż wątpię, by jego zeznania wniosły coś nowego.

Rogers niewiele miał do powiedzenia zebranym. Całe rano był zajęty porządkami i przygotowywaniem lunchu. Przed samym obiadem podał koktajle na tarasie, potem zebrał swe rzeczy i przeniósł je do innego pokoju. Nie spojrzał nawet przez okno i nie widział nic takiego, co mogłoby przyczynić się do wyjaśnienia śmierci generała. Natomiast mógłby przysiąc, że gdy nakrywał do stołu, znajdowało się na nim osiem porcelanowych figurek.

Po oświadczeniu Rogersa zapadło milczenie.

Lombard szepnął do Very:

– Teraz sędzia wygłosi podsumowanie.

– Proszę państwa – zabrał głos Wargrave – przeprowadziliśmy dość szczegółowe dochodzenie w sprawie trzech wypadków śmierci. Wprawdzie nie w każdym wypadku dało się ustalić stopień udziału poszczególnych osób w morderstwie, niemniej żadna z nich nie może być uważana za całkowicie zwolnioną od odpowiedzialności. Powtarzam moje osobiste przekonanie, że z siedmiu osób zebranych w tym pokoju... jedna jest niebezpiecznym – być może obłąkanym – zbrodniarzem. Brak nam jakiegokolwiek dowodu, który by wskazywał na tę osobę.

W tym stanie rzeczy jedyne, co nam pozostaje, to zastanowić się nad sposobem sprowadzenia pomocy ze stałego lądu, a gdyby ta pomoc nie nadchodziła (co jest bardzo możliwe ze względu na stan pogody), musimy przedyskutować, jakie środki należałoby przedsięwziąć dla zapewnienia bezpieczeństwa.

Prosiłbym państwa o przemyślenie tego i o wysunięcie swych wniosków. Poza tym ostrzegam wszystkich, by zachowali jak największą ostrożność. Do tej pory morderca miał łatwą robotę, gdyż jego ofiary nic nie podejrzewały. Od tej chwili jest naszym obowiązkiem nawzajem się podejrzewać. Strzeżonego Pan Bóg strzeże. Nie wolno ryzykować, należy być ciągle świadomym niebezpieczeństwa. To wszystko.

Lombard mruknął cicho:

– Rozprawa zostaje odroczona.

ROZDZIAŁ DZIESIĄTY

I

– Czy wierzy pan w to? – zapytała Vera.

Usiadła z Philipem na parapecie okna w salonie. Padał ulewny deszcz, a gwałtowne podmuchy wiatru wstrząsały szybami.

Philip przechylił lekko głowę na bok, nim odpowiedział:

– Chodzi pani o to, czy mam ten sam pogląd co stary Wargrave, że to któreś z nas?

– Tak.

Philip odrzekł powoli:

– Trudno powiedzieć. Biorąc rzecz logicznie, on ma rację, a jednak...

Vera dokończyła jego myśl:

– A jednak wydaje się to nieprawdopodobne!

Lombard skrzywił się.

– Cała rzecz jest nieprawdopodobna. Lecz po śmierci Macarthura nie ma najmniejszej wątpliwości co do jednego: nie zachodzi tu możliwość ani samobójstwa, ani nieszczęśliwego wypadku. To oczywiste morderstwo. Jak to tej pory, mamy już trzy morderstwa!

Vera zadrżała.

– Wygląda to jak okropny sen. Wprost nie mogę sobie wyobrazić, by podobne rzeczy mogły się zdarzyć...

Rzekł pełnym zrozumienia tonem:

– Znam to uczucie. Zdaje się pani, że zaraz ktoś zapuka do drzwi i przyniesie poranną herbatę.

– Och, jakbym chciała, żeby tak się stało.

– Wierzę pani, ale nic z tego. Wszyscy tkwimy w tym śnie! I od tej chwili jeszcze bardziej musimy się mieć na baczności.

Vera zniżyła głos:

– Jeśli... jeśli to ktoś z nich, kogo pan podejrzewa?

Lombard uśmiechnął się ironicznie.

– Należałoby z tego wywnioskować, że pani nas obydwoje wyeliminowała. No tak, zgadza się. Wiem aż nadto dobrze, że nie jestem mordercą, i nie potrafię wyobrazić sobie, Vero, by panią mógł dotknąć ten obłęd. Już na pierwszy rzut oka wydała mi się pani najbardziej zrównoważoną dziewczyną, jaką kiedykolwiek spotkałem. Daję głowę za stan pani umysłu.

Twarz Very wykrzywił lekki uśmiech.

– Dziękuję.

– No, a teraz, panno Vero Claythorne, czy nie zechciałaby pani odpłacić mi za komplement?

Vera po chwili wahania odpowiedziała:

– Mówiąc między nami, sam się pan przyznał, że nie ceni zbytnio ludzkiego życia. Ale mimo wszystko nie mogę wyobrazić sobie pana jako... jako człowieka, który nagrał tę płytę.

– Zgadza się. Gdybym miał popełnić jedno czy więcej morderstw, musiałbym widzieć w tym jakiś cel. Takie masowe obrachunki nie leżą w moim charakterze. A więc dobrze, pomińmy nas oboje i zajmijmy się pozostałymi pięcioma osobami. Która z nich jest tajemniczym Owenem? Tak na oko, oczywiście, bez żadnych dowodów, stawiałbym na Wargrave'a.

– Och! – zawołała Vera ze zdumieniem. Zastanawiała się dobrą chwilę, wreszcie spytała: – Dlaczego?

– Trudno dać na to dokładną odpowiedź. Zacznijmy od tego, że jest starszym panem, który od wielu lat przewodniczył rozprawom sądowym. To znaczy grał przez wiele miesięcy w roku rolę małego bożka. Mogło mu to zawrócić w głowie.

Mógł sobie na przykład wyobrazić, że jest wszechpotężny, że sprawuje władzę nad życiem i śmiercią, mogło mu się wreszcie wydawać, że jest Sędzią Najwyższym i Wykonawcą Wyroków.

Vera rzekła cicho:
– Tak, to możliwe...
– A na kogo pani stawia?

Odpowiedziała bez wahania:
– Doktor Armstrong.

Lombard zagwizdał cicho.
– Doktor? Hm... ja bym go postawił na ostatnim miejscu.

Vera potrząsnęła głową.
– O nie. Powodem dwóch śmierci była trucizna. To raczej wskazuje na lekarza. I nie możemy pominąć jednego niezaprzeczalnego faktu, że pani Rogers zażyła środek nasenny, który od niego dostała.

– Tak, to racja – przyznał Lombard.

– Gdyby doktor oszalał – upierała się przy swoim Vera – dużo czasu upłynęłoby, zanim zacząłby go ktokolwiek podejrzewać. A lekarze przepracowują się, żyją na ogół w stałym napięciu.

– Wątpię jednak, by Armstrong mógł zabić Macarthura. Zostawiłem go samego na krótko, a nawet gdyby zbiegł nad morze i wrócił, nie jest znowu w takiej kondycji fizycznej, żebym tego po nim nie poznał.

– Więc nie zrobił tego wtedy. Miał sposobność później.
– Kiedy?
– Gdy poszedł zawołać generała na obiad.

Philip znowu zagwizdał cichutko.

– Naprawdę pani sądzi, że on to zrobił? Taka robota wymaga dużego opanowania.

– Cóż ryzykował? – odpowiedziała niecierpliwie Vera. – On jeden zna się tutaj na medycynie. Mógł stwierdzić, że śmierć nastąpiła co najmniej przed godziną, i któż by mu zaprzeczył?

Philip spojrzał na nią w zamyśleniu.
– Wie pani, to mądra myśl. Chciałbym tylko wiedzieć...

II

– Kim on jest, panie Blore?
Twarz Rogersa wyrażała skupienie. Ściskał w dłoniach flanelę do polerowania mebli.
Były inspektor Blore rzekł:
– Hm, mój drogi chłopie, niełatwo na to odpowiedzieć.
– Któreś z nas, powiedział pan sędzia. Ale kto? Chciałbym wiedzieć. Kto jest tym diabłem w ludzkim ciele?
– To właśnie chcielibyśmy wszyscy wiedzieć.
Rogers podjął przebiegle:
– Ale pan na pewno kogoś podejrzewa? Pan na pewno ma kogoś na myśli, prawda?
– Może i mam jakiś pomysł – odpowiedział powoli Blore. – Ale daleko mi do pewności. Mogę się mylić. Mogę powiedzieć jedynie, że osoba, którą posądzam, jest zimnokrwistą kreaturą, prawdziwą kreaturą.
Rogers otarł pot z czoła. Odezwał się zachrypniętym głosem:
– Wszystko to jest jak zły sen.
Blore spojrzał na niego zaciekawiony.
– A wam, Rogers, nic nie wpadło do głowy?
Służący zaprzeczył.
– Nie wiem. Nic nie wiem. I to przeraża mnie najwięcej, że nie wiem, co o tym sądzić...

III

Doktor Armstrong rzekł gwałtownie:
– Musimy się stąd wydostać... musimy zrobić to za wszelką cenę.

Sędzia Wargrave wyglądał w zamyśleniu przez okno palarni. Bawił się wstążeczką od cwikieru.

– Nie jestem oczywiście znawcą pogody. Ale widzę małe prawdopodobieństwo, by łódź mogła się do nas przedostać. Nawet gdyby znali nasze położenie, przed upływem doby nie można się spodziewać pomocy. A i wtedy będzie to uzależnione od wiatru.

Armstrong oparł głowę na ręku i jęknął:

– A przez ten czas możemy wszyscy zostać wymordowani we własnych łóżkach...

– Przypuszczam, że nie – odparł sędzia. – Mam właśnie zamiar przedsięwziąć kroki, by zapobiec podobnej ewentualności.

Przez głowę Armstronga przebiegła myśl, że taki stary człowiek jak sędzia jest bardziej przywiązany do życia niż ludzie młodsi. W swej praktyce często spotykał się z tym problemem. On sam jest młodszy od sędziego o jakieś dwadzieścia lat i nie dba do tego stopnia o życie.

Wargrave myślał: „Wymordowani we własnych łóżkach! Wszyscy lekarze są tacy sami, myślą stereotypowo. Nic innego nie potrafią wymyślić".

– Proszę nie zapominać – odezwał się Armstrong – że do tej pory mamy już trzy ofiary.

– Oczywiście, ale musi pan wziąć pod uwagę, że ci ludzie nie byli przygotowani na atak. Myśmy zostali ostrzeżeni.

– Cóż z tego? Co mamy robić? Prędzej czy później...

– Myślę – odrzekł sędzia – że można tu wiele zrobić.

– Nie wiemy nawet, kto to może być...

Sędzia przejechał palcami po podbródku.

– Tego bym nie powiedział.

Armstrong spojrzał na niego pytającym wzrokiem.

– A więc pan wie?

– Muszę przyznać, że takich dowodów, jakich wymaga się w sądzie, nie mam. Ale wydaje mi się, biorąc wszystkie szczegóły pod uwagę, że wskazują one dostatecznie jasno na jedną z osób. Przynajmniej ja tak sądzę.

Armstrong wpatrywał się w niego. Wreszcie rzekł:

– Nic nie rozumiem.

IV

Panna Brent poszła do swego pokoju.
Wyciągnęła Biblię i siadła przy oknie.
Otworzyła książkę. Po chwili wahania odłożyła ją i podeszła do komody. Z szuflady wyciągnęła czarno oprawny notes.

Otworzyła go i zaczęła pisać:

Stała się rzecz straszna. Generał Macarthur nie żyje (jego kuzyn ożenił się z Elsie MacPherson). Nie ulega wątpliwości, że został zamordowany. Po obiedzie sędzia miał do nas bardzo ciekawą przemowę. Jest przekonany, że morderca jest wśród nas. To znaczy, że ktoś z nas jest opętany przez diabła. Podejrzewałam to już od dawna. Kto z nas jest opętany? Oni wszyscy zastanawiają się nad tym. Ja jedna wiem...

Siedziała przez pewien czas bez ruchu. Jej oczy rozszerzyły się i zasnuły mgłą. Ołówek podskakiwał w jej palcach jak pijany. Nierównymi, dużymi literami zaczęła pisać:

Morderca nazywa się Beatrix Taylor.

Zamknęła oczy.

Nagle ocknęła się. Spojrzała w notes. Z okrzykiem gniewu odczytała ostatnie zdanie nabazgrane szerokim, niewyraźnym pismem.

Szepnęła cicho:

– Czy ja to napisałam?... Dostaję chyba bzika...

V

Burza przybrała na sile. Wiatr wył za oknami.

Wszyscy znajdowali się w salonie. Siedzieli apatyczni, stłoczeni w jednym kącie. Podejrzliwie obserwowali się nawzajem...

Gdy Rogers wniósł tacę z herbatą, drgnęli jak na komendę.

– Czy mogę opuścić story? Będzie o wiele przyjemniej.

Za zgodą wszystkich spuścił story i zapalił światła. Pokój stał się bardziej przytulny. Nastrój się poprawił. Na pewno burza do jutra przejdzie, może ktoś się zjawi. Może przypłynie jakaś łódka...

Vera Claythorne rzekła:

– Czy nie zechciałaby pani, panno Brent, nalać herbaty?

– Nie, moja droga. Niech pani to zrobi. Imbryk jest taki ciężki. Zgubiłam gdzieś dwa motki szarej włóczki. Co za roztrzepanie!

Vera podeszła do stolika. Dał się słyszeć przyjemny dla ucha brzęk porcelany. Powrócił normalny nastrój.

Herbata! Niech będzie błogosławiona codzienna popołudniowa herbata! Philip Lombard zrobił jakąś wesołą uwagę. Blore poszedł w jego ślady. Armstrong opowiedział zabawną historyjkę. Sędzia Wargrave, który nigdy nie lubił herbaty, pił ją małymi łykami, pełen uznania.

Miły nastrój zakłóciło nagłe wejście Rogersa.

Rogers był zaniepokojony. Odezwał się nerwowo:

– Proszę mi wybaczyć, ale czy ktoś z państwa wie, co się stało z zasłoną, która wisiała w łazience?

Lombard gwałtownie podniósł głowę.

– Zasłona z łazienki? Co, u diabła, macie na myśli?

– Zniknęła, proszę pana, nie ma jej. Obszedłem cały dom, by wszędzie spuścić story, a w łazience nie było już zasłony.

Sędzia zapytał:

– Czy rano widzieliście ją jeszcze?

– Tak jest, proszę pana.

– Jak wyglądała ta zasłona? – wtrącił Blore.

– Z czerwonego pluszu. Dopasowana do czerwonych kafelków.

– I zniknęła? – zdziwił się Lombard.

– Zniknęła, proszę pana.

Wszyscy spojrzeli na siebie. Blore rzekł smutnie:

– No... ostatecznie cóż z tego? Jakieś nowe szaleństwo – tutaj wszystko jest zwariowane. W końcu nie ma się czym przejmować. Nie można nikogo zabić za pomocą pluszowej kotary. Zapomnijmy o tym.

Rogers skłonił się lekko.

– Tak jest, proszę pana.

Wyszedł, zamykając drzwi.

Uczucie strachu ponownie wdarło się do wszystkich serc.

Znowu zaczęli spoglądać na siebie z nieufnością.

VI

Kolacja została podana, zjedzona i stół uprzątnięty. Skromny posiłek składał się przeważnie z konserw.

Gdy wrócili do salonu, napięcie stało się prawie nie do zniesienia.

O dziewiątej Emily Brent wstała.

– Idę do łóżka.

Vera rzekła:

– Ja również idę spać.

Obydwie kobiety weszły na górę. Towarzyszyli im Lombard i Blore. Obydwaj zaczekali na podeście, aż kobiety wejdą do swoich pokoi i zamkną drzwi. Usłyszeli szczęk zasuwek oraz kluczy obracanych w zamkach.

Blore odezwał się uszczypliwie:
- Nie ma potrzeby przypominać im, by się zamknęły.
- Ostatecznie tej nocy są bezpieczne - odrzekł Lombard.
Zeszli z powrotem na dół.

VII

W godzinę później czterej mężczyźni udali się do siebie. Razem weszli na klatkę schodową. Rogers widział ich z jadalni, gdzie nakrywał stół do śniadania. Słyszał, jak przystanęli na piętrze.

Rozległ się głos sędziego:
- Nie potrzebuję chyba radzić panom, byście zamknęli drzwi na klucz.
- A co najważniejsze - dodał Blore - trzeba podeprzeć klamkę krzesłem. Są sposoby na otwarcie zamka z zewnątrz.

Lombard mruknął:
- Mój drogi Blore, cała rzecz w tym, że pan za dużo wie.
- Dobranoc panom - rzekł poważnie sędzia. - Obyśmy się wszyscy spotkali jutro zdrowi.

Rogers stanął u podnóża schodów. Zobaczył, jak cztery sylwetki zniknęły w swoich pokojach, i usłyszał, jak w czterech zamkach przekręciły się klucze i trzasnęły zasuwki.

Pokiwał głową.
- Wszystko w porządku - wymamrotał.
Wrócił do jadalni.

Tak, wszystko na jutro przygotowane. Jego oczy spoczęły na lustrzanej podstawce, na której stało siedem porcelanowych figurek.

Nagły grymas wykrzywił mu twarz. Mruknął gniewnie:
- Już ja się postaram, żeby dzisiejszej nocy nie było żadnego kawału.

Przeszedł pokój i zamknął drzwi prowadzące do holu i do kredensu, a klucze schował do kieszeni.

Zgasiwszy światło, udał się do swej sypialni. Było tu tylko jedno miejsce, w którym ktoś mógłby się ukryć: wysoka szafa. Zajrzał do niej natychmiast. Następnie, zamknąwszy i zaryglowawszy drzwi, zaczął się rozbierać.

Rzekł do siebie samego:

– Tej nocy skończą się kawały z figurkami... Dopilnowałem tego...

ROZDZIAŁ JEDENASTY

I

Philip Lombard zwykł budzić się o świcie. Również i tego ranka podniósł się na łokciu i nadsłuchiwał. Burza uspokoiła się nieco, ale na dworze wciąż hulał wiatr. Nie słychać było padającego deszczu.

O ósmej natężenie wiatru wzrosło, ale Lombard już tego nie słyszał, zasnął bowiem ponownie.

O pół do dziesiątej siedział na skraju łóżka i spoglądał na zegarek. Przyłożył go do ucha. Usta jego rozchyliły się w charakterystycznym dla niego, wilczym uśmiechu.

Rzekł do siebie:

– Najwyższy czas zająć się tą sprawą.

W pięć minut później pukał do zamkniętych drzwi sypialni Blore'a.

Były inspektor otworzył je ostrożnie. Włosy miał rozczochrane, oczy zapuchnięte od snu.

Philip Lombard odezwał się uprzejmie:

– Spał pan aż do tej pory? Hm, to wskazuje, że ma pan czyste sumienie.

– Co się stało? – spytał krótko Blore.

– Nikt pana nie zbudził, nie przyniósł herbaty? Czy wie pan, która godzina?

Blore spojrzał przez ramię na mały budzik stojący przy łóżku.

– Za dwadzieścia pięć dziesiąta. Nie mogę wprost uwierzyć, że do tej pory spałem. Gdzie jest Rogers?

– Czy pan sądzi, że echo panu odpowie?

– Co pan ma na myśli?

– To, że Rogers przepadł. Nie ma go ani w jego pokoju, ani nigdzie indziej. Czajnik nienastawiony, nie pali się pod kuchnią.

Blore zaklął w duchu.

– Gdzie się ten diabeł podział? Czyżby się ukrył na wyspie? Niech pan zaczeka, aż włożę ubranie. Niech pan popyta, może inni coś wiedzą.

Philip skinął głową. Szedł od jednych zamkniętych drzwi do drugich.

Armstrong był na poły ubrany. Sędzia Wargrave został obudzony – podobnie jak Blore – z głębokiego snu. Vera Claythorne była już ubrana. Panny Brent nie zastał w pokoju.

Mała grupka ludzi zaczęła przeszukiwać dom. Pokój Rogersa, zgodnie z tym, co mówił Philip, był pusty. Łóżko nosiło ślady, że ktoś w nim spał, przybory do mycia i golenia były jeszcze wilgotne.

– Ulotnił się – skonstatował Lombard.

Vera zapytała cichym głosem, któremu starała się nadać naturalny ton:

– Pan nie myśli, że ukrył się gdzieś tutaj i czyha na nas z zasadzki?

– Droga pani, nie jestem nastawiony na to, by myśleć cokolwiek o kimkolwiek. Mogę najwyżej poradzić, byśmy się trzymali razem, dopóki go nie odnajdziemy.

– Musi być gdzieś na wyspie – rzekł Armstrong.

Blore zjawił się już całkowicie ubrany, choć nieogolony.

– A gdzie się podziała panna Brent? – zapytał. – To nowa zagadka.

Gdy weszli do holu, Emily Brent stanęła w drzwiach frontowych. Była w nieprzemakalnym płaszczu.

– Morze jest nadal tak wzburzone jak wczoraj. Nie sądzę, by łódź mogła przypłynąć.

– Czy pani sama przechadzała się po wyspie? – zapytał Blore. – Nie zdaje pani sobie sprawy, że to oczywiste szaleństwo?

– Zapewniam pana, że pilnowałam się przez cały czas.
Blore chrząknął.
– Czy nie widziała pani Rogersa?
Panna Brent uniosła brwi.
– Rogersa? Nie, nie widziałam go dziś rano. Dlaczego pan pyta?

Sędzia Wargrave, ogolony i starannie ubrany, zszedł na dół. Zajrzał przez otwarte drzwi jadalni.

– Hm, widzę, że stół nakryty do śniadania.
– Rogers mógł go nakryć wczoraj wieczorem – wtrącił Lombard.

Przeszli do jadalni, patrząc na rozstawione talerze i srebro. Maszynka do parzenia kawy i filiżanki stały na bufecie.

Pierwsza zauważyła to Vera. Chwyciła sędziego za rękę, aż drgnął pod uściskiem jej palców.

– Żołnierzyk! Niech pan spojrzy! – krzyknęła.

Na środku stołu znajdowało się tylko sześć porcelanowych figurek.

II

Znaleźli go wkrótce potem. W maleńkiej drewutni po drugiej stronie podwórka. Chciał porąbać drwa, by rozpalić pod blachą. Mała siekierka tkwiła jeszcze w jego ręku. Większa siekiera była oparta o drzwi, ostrze jej pokrywały ciemnobrunatne plamy. Zbyt dobrze kojarzyły się z głęboką raną w tyle głowy Rogersa.

III

– Sprawa przedstawia się zupełnie jasno – rzekł Armstrong. – Morderca musiał wkraść się za nim, podniósł siekierę i uderzył go w głowę w chwili, gdy Rogers się pochylił.

Blore wziął siekierę do ręki i przyglądał się stylisku.

– Czy ten cios wymagał dużej siły, doktorze? – zapytał Wargrave.

– Mogła go zadać kobieta – odparł z powagą Armstrong – jeśli pan to ma na myśli. – Obejrzał się szybko dokoła.

Vera Claythorne i Emily Brent wróciły już do kuchni.

– Dziewczyna mogła to uczynić z łatwością; jest wysportowana. Panna Brent wygląda wprawdzie na chucherko, ale ten rodzaj kobiet często ma niespożyte siły. A musi pan pamiętać, że w ogóle osoby cierpiące na choroby umysłowe wykazują niespodziewany zasób sił.

Sędzia skinął głową w milczeniu.

Blore podniósł się z westchnieniem.

– Ani śladu odcisków palców. Stylisko jest starannie wytarte.

Nagle usłyszeli śmiech i nerwowo się odwrócili. Vera Claythorne stała przed domem i krzyczała piskliwym głosem, przerywanym dzikimi wybuchami śmiechu:

– Czy na tej wyspie są pszczoły? Proszę mi powiedzieć, skąd wziąć miód? Cha! Cha!

Spojrzeli na nią zdumieni. Wydawało się, że ta zdrowa, zrównoważona dziewczyna zaczyna wariować w ich oczach. A ona ciągnęła tym samym nienaturalnym głosem:

– Co się tak na mnie gapicie? Jak gdybyście myśleli, że zwariowałam! Zadałam wam najzupełniej normalne pytanie. Pszczoły, ule, pszczoły. Och, nie rozumiecie? Nie czytaliście tego idiotycznego wierszyka? Przecież wisi we wszystkich sypialniach, by każdy mógł go sobie dobrze przestudiować... „Siedmiu żołnierzyków zimą do kominka drwa rąbało...". Chcecie wiedzieć, jak brzmi następna zwrotka? Umiem cały wiersz na pamięć, mogę wam powiedzieć: „Sześciu wkrótce znęcił miodek" – właśnie dlatego pytałam, czy na tej wyspie są pszczoły. Czy to nie śmieszne? Czy to nie szalenie śmieszne?...

Znów wybuchnęła dzikim śmiechem.

Armstrong szybko podszedł do niej. Podniósł rękę i uderzył ją w policzek. Zakrztusiła się, z trudem łapiąc oddech, wreszcie przełknęła ślinę. Stała chwilę bez ruchu, potem odezwała się:

– Dziękuję... Już mi lepiej.

Jej głos stał się ponownie spokojny i opanowany. Był to głos energicznej nauczycielki gimnastyki.

– Przygotujemy z panną Brent śniadanie. Czy mogliby panowie przynieść drew do rozpalenia pod kuchnią? – Odwróciła się na pięcie.

Na jej twarzy pozostał czerwony ślad ręki doktora.

Gdy zniknęła w drzwiach kuchni, Blore zauważył:

– Postąpił pan zupełnie słusznie, doktorze.

Armstrong odpowiedział tonem usprawiedliwienia:

– To było jedyne wyjście. W naszej sytuacji nie możemy sobie pozwolić na ataki histerii.

– Ona nie jest histeryczką – wtrącił Lombard.

– O nie – przyznał Armstrong. – Jest zdrową dziewczyną. Uległa po prostu szokowi. Mogło się to zdarzyć każdemu z nas.

Rogers zdążył porąbać trochę drewienek, zanim został zamordowany. Zebrali je i zanieśli do kuchni.

Panna Brent wygarniała popiół z pieca, Vera okrawała skórkę z szynki.

– Dziękujemy – rzekła panna Brent. – Postaramy się uwinąć szybko, powiedzmy: w pół godziny, najwyżej w trzy kwadranse. Musimy tylko poczekać, aż woda się zagotuje.

IV

Blore zwrócił się do Philipa cichym, chrapliwym głosem:

– Czy pan wie, co myślę?

— Jeśli ma mi pan zamiar powiedzieć, nie widzę potrzeby zgadywania.

Inspektor Blore był poważnym mężczyzną, nie reagował na dowcipy.

Mówił więc dalej:

— W Ameryce zdarzył się następujący wypadek: jakiś starszy pan i jego żona zostali zabici siekierą. Przed południem w domu nie było nikogo prócz córki i służącej. Przewód sądowy wykazał, że służąca nie mogła tego uczynić. Córka była szacowną starą panną w średnim wieku. Oskarżenie w stosunku do niej było tak pozbawione sensu, że została uniewinniona. Ale nigdy nie znaleziono rozwiązania zagadki. — Przerwał. — Pomyślałem o tym, gdy zobaczyłem siekierę. Później, gdy wszedłem do kuchni, zobaczyłem pannę Brent tak schludną i spokojną. Ta dziewczyna, która dostała ataku histerii — w porządku, to się zdarza, to są rzeczy, których można się ostatecznie spodziewać, prawda?

— Można — rzekł lakonicznie Lombard.

— Ale ta druga! — ciągnął Blore. — Taka czysta i wymuskana... ubrana w fartuszek, przypuszczam, że w fartuszek pani Rogers... i mówiąca: śniadanie będzie gotowe za pół godziny... Według mnie ona nie jest normalna. U starych panien to często się zdarza. Nie chcę twierdzić, że ulegają manii zabijania, ale po prostu mają trochę pomieszane klepki. Nieszczęśliwym trafem i z nią rzecz ma się podobnie. Religijna mania — wydaje się jej, że jest narzędziem Boga czy coś w tym rodzaju! Czy pan wie, że ona w swoim pokoju ciągle czyta Biblię?

Philip Lombard westchnął.

— To nie jest dostatecznym dowodem pomieszania zmysłów, drogi inspektorze.

Ale Blore z uporem trzymał się swojej teorii.

— A poza tym ona jedna rano wychodziła, tłumaczyła się, że poszła spojrzeć na morze.

Lombard potrząsnął głową.

– Rogers został zabity, gdy rąbał drwa, to znaczy z samego rana, ledwo wstał z łóżka. Po co panna Brent miałaby później godzinami spacerować na dworze? Według mnie mordercy Rogersa udałby się przede wszystkim do swego pokoju, by go później znaleziono chrapiącego w najlepsze.

– Zapomniał pan o jednym – rzekł Blore. – Gdyby ta kobieta była niewinna, nigdy w życiu nie odważyłaby się na samotny spacer po wyspie. Mogła to uczynić tylko w wypadku, jeśli miała pewność, że nic jej nie grozi. Tę pewność mogłaby mieć tylko wówczas, gdyby sama była morderczą.

– Hm, to ciekawy punkt widzenia... Tak, nie pomyślałem o tym. – Lombard dodał, skrzywiwszy się lekko: – Miło mi, że jak dotąd nie posądza pan mnie.

Blore odparł nieśmiało:

– Z początku myślałem o panu... ten rewolwer... ta dziwna historia, którą pan opowiadał czy też której nie opowiadał. Ale teraz zdałem sobie sprawę, że to byłoby zbyt rzucające się w oczy. – Zawahał się. – Mam nadzieję, że odniósł pan to samo wrażenie, jeśli chodzi o mnie.

– Może się mylę – rzekł Lombard w zadumie – ale nie wydaje mi się, by pan miał dostateczną dozę wyobraźni do takiej roboty. Mogę panu jedynie powiedzieć, że jeśli rzeczywiście jest pan mordercą, to jest pan również wspaniałym aktorem. – Zniżył głos: – Ale tak między nami mówiąc, Blore, ponieważ za dzień, dwa obaj prawdopodobnie wyciągniemy nogi, może się pan przyznać, jak to było z tym krzywoprzysięstwem.

Blore niespokojnie przestąpił z nogi na nogę. W końcu rzekł:

– Nie wydaje mi się, by to było takie ważne. Ale niech tam, przyznaję, że Landor był niewinny. Przekupili mnie, gdyż postanowili na pewien czas go usunąć. Niech pan pamięta, że nie przyznałbym się do tego, gdyby...

– Gdybyśmy rozmawiali przy świadkach – dokończył Lombard z ironicznym uśmiechem. – Ale mówimy przecież między sobą. Sądzę, że połknął pan wtedy niezły kąsek?

– Nie dostałem tego, co mi się należało. Podła szajka ta banda Purcella. Ale ostatecznie zyskałem awans.

– A Landor dostał dożywocie i umarł w więzieniu.

– Czy mogłem przewidzieć, że umrze?

– Nie, to już pański pech.

– Mój? Chyba jego.

– Pański również. Bo w związku z tym pańskie życie może zostać nagle i zgoła niemile przerwane.

– Moje życie? – Blore spojrzał na niego ze zdumieniem. – Czy pan sądzi, że czeka mnie ten sam los co Rogersa i innych? O nie, mój drogi. Mogę pana zapewnić, że potrafię przedsięwziąć odpowiednie środki ostrożności.

– Dobrze, dobrze – odparł Lombard – nie lubię się zakładać. Zresztą, jak pan zginie, i tak nie odbiorę wygranej.

– Co pan chciał przez to powiedzieć?

Lombard uczynił ruch ręką.

– Po prostu, drogi Blore, moim zdaniem nie ma pan najmniejszych szans.

– Co pan mówi?

– Pański brak wyobraźni czyni z pana łatwą do upolowania zwierzynę. Zbrodniarz na miarę U.N. Owena będzie mógł zarzucić na pana pętlę tyle razy, ile mu się tylko spodoba.

Twarz Blore'a spurpurowiała. Zapytał gniewnie:

– A z panem będzie inaczej?

Rysy Philipa Lombarda stwardniały, stały się groźne.

– O, ja mam dostatecznie bujną wyobraźnię. Nieraz znajdowałem się w trudnej sytuacji i zawsze wychodziłem cało. Myślę, że z tej również się wydobędę.

V

Jajka smażyły się na patelni. Vera, przygotowując grzanki, zastanawiała się: „Dlaczego pozwoliłam sobie na ten atak histerii? To był błąd. Powinnaś, dziewczyno, zachować spokój".

Zawsze była dumna ze swego opanowania.

„Panna Claythorne była nadzwyczajna – wykazała przytomność umysłu i zaraz popłynęła za Cyrilem".

Co za sens teraz o tym myśleć? Wszystko dawno minęło... Cyril zanurzył się na długo przedtem, nim dopłynęła do skały. Czuła, jak prąd znosi ją w kierunku morza. Wykonywała spokojne ruchy, pozwalając unosić się prądowi aż do nadejścia łódki.

Chwalili jej odwagę i zimną krew...

...Ale nie Hugh. Hugh tylko na nią spojrzał...

Boże, jak boli, nawet teraz, gdy myśli o nim...

...Gdzie on teraz jest? Co robi? Czy jest zaręczony? Żonaty?

Emily Brent odezwała się ostro:

– Panno Vero, przypala pani grzankę.

– O, przepraszam. Rzeczywiście... Jaka jestem nieuważna.

Panna Brent zdjęła ostatnie jajko ze skwierczącej patelni. Vera, wkładając nowy kawałek bułki do maszynki, rzekła z podziwem:

– Zachowuje pani niebywały spokój.

– Wychowano mnie tak, by nigdy nie tracić głowy i nie robić zamieszania.

Vera pomyślała machinalnie: „Musieli ją krótko trzymać w dzieciństwie. To ma swoje znaczenie".

– Czy pani się nie boi? – Zawahała się, po czym dodała: – Czy nie boi się pani śmierci?

Śmierć! Wydawało się, jak gdyby ostry świderek wbił się w zwoje mózgowe panny Brent. Śmierć? Ależ ona wcale nie ma zamiaru umierać. Niech inni umierają, ale nie ona – Emily Brent! Że też ta dziewczyna nie może tego zrozumieć! Nie bała się – to zupełnie naturalne. Nikt z rodziny Brentów się nie bał. Wszyscy mężczyźni w tej rodzinie byli wojskowymi. Patrzyli śmierci prosto w oczy. Prowadzili prawe życie, podobnie jak i ona sama... Nie popełniła w życiu nic, czego musiałaby się wstydzić... Jest więc oczywiste, że nie umrze...

Bóg czuwa nad swą owczarnią. Ani strachy nie będą cię nawiedzać nocą, ani strzały dosięgną cię w dzień...

Teraz był dzień, nie miała się czego bać.

„Nikt z nas nie opuści tej wyspy". Kto to powiedział? Naturalnie, generał Macarthur, którego kuzyn ożenił się z Elsie MacPherson. Ciekawe, że generał niczym się nie przejmował. Wręcz przeciwnie, wydawał się ucieszony tą myślą. Zwariował! Jest wręcz grzechem oczekiwać śmierci z radością. Niektórzy ludzie do tego stopnia lekceważą śmierć, że sami odbierają sobie życie. Beatrix Taylor!... Ostatniej nocy śniła się jej Beatrix... stała na dworze i przyciskała do szyby twarz, prosząc i jęcząc, by ją wpuścić do środka. Ale Emily Brent nie chciała otworzyć drzwi. Gdyby to uczyniła, mogłoby się zdarzyć coś strasznego...

Emily Brent ocknęła się nagle. Ta dziewczyna spogląda na nią dziwnym wzrokiem. Emily zapytała rzeczowo:

– Czy wszystko już gotowe? A więc podamy śniadanie.

VI

Nastrój podczas śniadania był dziwny. Wszyscy silili się na uprzejmość.

– Czy mogę pani dolać kawy, panno Brent?
– Panno Claythorne, może kawałeczek szynki?
– Może jeszcze jedną grzankę?

Sześć osób na pozór normalnych, opanowanych.

A ich myśli?

Kto następny? Kto następny? Kto? W jaki sposób? Czy się uda? Chyba nie. Warto spróbować. Żeby tylko starczyło czasu...

Mania religijna, w tym sęk... Chociaż patrząc na nią, trudno w to uwierzyć... Ale przypuśćmy, że się mylę...

To czyste szaleństwo, wszyscy tu zwariowali. Ja sama niedługo zwariuję. Zniknęła włóczka, czerwona pluszowa kotara – to wszystko jest bez sensu. Trudno się w tym połapać...

Co za dureń, uwierzył w każde słowo, które mu powiedziałem. Był tak naiwny... Muszę być ostrożny, bardzo ostrożny.

Sześć figurek z porcelany... tylko sześć... Ile ich zostanie do wieczora?...

– Kto skończy jajecznicę?

– A może marmolady?

– Dziękuję, czy mogę ukroić pani kawałek chleba?

Sześć osób starało się zachowywać normalnie podczas śniadania.

ROZDZIAŁ DWUNASTY

I

Śniadanie dobiegło końca.

Sędzia Wargrave chrząknął, po czym przemówił swoim rozkazującym głosem:

– Przypuszczam, że będzie nader wskazane, byśmy przedyskutowali sytuację. Czy nie moglibyśmy przejść na pół godziny do salonu?

Wszyscy zgodzili się na jego propozycję.

Vera zaczęła zbierać talerze.

– Posprzątam i umyję naczynia.

– Zaniesiemy ten cały stos do kredensu – rzekł Lombard.

– Dziękuję.

Emily Brent podniosła się i natychmiast usiadła. Westchnęła:

– O Boże!

Sędzia zapytał:

– Czy pani źle się czuje, panno Brent?

– Strasznie mi przykro – odrzekła przepraszającym tonem. – Chciałabym pomóc pannie Claythorne, ale nie wiem, co się ze mną stało. Mam lekki zawrót głowy.

– Zawrót głowy? – Doktor Armstrong zbliżył się do niej. – To zupełnie naturalne. Przeżyła pani wstrząs. Mogę dać pani jakiś...

– Nie...

Słowo to wypadło z jej ust jak pocisk. Wszyscy drgnęli zaskoczeni.

Armstrong poczerwieniał.

W jej oczach odbiła się wyraźna nieufność i strach.
Odrzekł sztywno:
– Jak pani sobie życzy, panno Brent.
– Nie chcę nic zażywać – odpowiedziała – zupełnie nic. Chcę przez chwilę posiedzieć tutaj, aż przejdzie.
Skończyli zbierać naczynia.
Blore zaproponował:
– Znam się na gospodarstwie domowym, pomogę pani, panno Vero.
– Dziękuję.
Emily Brent pozostała sama w jadalni. Słyszała słabe odgłosy dochodzące z kredensu. Zawrót głowy przeszedł. Czuła się senna, z chęcią położyłaby się spać.

Słyszała jakieś brzęczenie – może to rzeczywiście po pokoju latała pszczoła? Pomyślała: „Może to pszczoła, a może szerszeń?".

Nagle zobaczyła pszczołę. Łaziła po szybie. Dziś rano Vera mówiła coś na temat pszczół.

Pszczoły i miód.

Lubiła miód. Bierze się plaster miodu i odcedza w muślinowym woreczku. Miód kapie, kapie, kapie...

Ktoś był w pokoju... ktoś mokry, woda z niego kapie... Beatrix Taylor wyszła z rzeki...

Wystarczy odwrócić głowę, by ją zobaczyć.

Ale nie mogła ruszyć głową...

Gdyby przynajmniej zawołać...

Ale nie mogła nawet krzyknąć...

Nikogo więcej nie było w domu. Była zupełnie sama.

Usłyszała kroki – ciche, posuwiste kroki zbliżające się do niej z tyłu. Niepewny chód utopionej dziewczyny...

Poczuła w nozdrzach zapach nadrzecznej wilgoci...

Na szybie pszczoła brzęczała... brzęczała.

I nagle poczuła ukłucie żądła.

Pszczoła ukłuła ją w kark.

II

W salonie wszyscy czekali na Emily Brent.
– Czy pójść po nią? – spytała Vera.
Blore rzucił krótko:
– Za chwilę.
Vera usiadła z powrotem. Wszyscy spojrzeli pytająco na Blore'a.
– Jeśli państwo pozwolą i zechcą poznać moje zdanie – ciągnął – to nie musimy szukać sprawcy tych zbrodni dalej niż w jadalni. Mogę przysiąc, że ta kobieta jest tym, kogo poszukujemy!
– A jakie motywy miałyby nią kierować? – zapytał Armstrong.
– Mania religijna. Co pan na to, doktorze?
– To oczywiście możliwe. Ale nie mamy żadnego dowodu.
– Była taka dziwna w kuchni – dorzuciła Vera. – Gdyśmy przygotowywały śniadanie, jej oczy... – Zadrżała.
Lombard wtrącił:
– Nie możemy jej sądzić na tej podstawie. Wszystkim nam nerwy dały się już we znaki.
– Ale jest jeszcze inna sprawa – kontynuował Blore. – Była jedyną osobą, która nie chciała udzielić wyjaśnień, kiedy oskarżył nas głos nagrany na płytę gramofonową. Dlaczego? Bo po prostu nie mogła.
Vera poruszyła się na krześle.
– To niezupełnie prawdziwe. Opowiedziała mi wszystko... później.
Wargrave zapytał:
– I cóż takiego opowiedziała, panno Claythorne?
Vera powtórzyła historię Beatrix Taylor.
– To dość wiarygodne opowiadanie – zauważył sędzia. – Ja osobiście byłbym gotów przyjąć je bez zastrzeżeń. Proszę

mi powiedzieć, panno Claythorne, czy panna Brent robiła wrażenie zmartwionej, czy trapiło ją poczucie winy lub wyrzuty sumienia?

– Nie wydaje mi się – odparła Vera. – Robiła wrażenie zimnej, niewzruszonej kobiety.

– Te cnotliwe stare panny mają serca z kamienia – dodał Blore. – I do tego są zawistne.

Sędzia zabrał głos:

– Za pięć jedenasta. Myślę, że powinniśmy poprosić pannę Brent, by przyłączyła się do nas.

Blore zapytał:

– Czy nie podejmiemy żadnych kroków?

– Nie wiem, jakie kroki mielibyśmy podjąć – odrzekł sędzia. – Nasze podejrzenia są w tej chwili jedynie podejrzeniami. Niemniej proszę doktora Armstronga, by zwrócił szczególną uwagę na zachowanie panny Brent. A teraz nie pozostaje nam nic innego, jak przejść do jadalni.

Emily Brent siedziała na krześle w tej samej pozycji, w jakiej ją pozostawili. Z tyłu nie zauważyli nic szczególnego poza tym, że wydawała się nie słyszeć, jak wchodzą do pokoju.

Ale za chwilę zobaczyli jej twarz nabiegłą krwią, niebieskie wargi, wybałuszone oczy.

Blore rzekł:

– Na Boga, ona nie żyje.

III

Sędzia Wargrave odezwał się cichym, spokojnym głosem:

– Jeszcze jedna osoba została uwolniona od wszelkich podejrzeń... zbyt późno.

Lekarz nachylił się nad umarłą. Starał się węchem wykryć obecność cyjanku, potrząsnął głową, zajrzał jej w oczy.

— W jaki sposób umarła, doktorze? Czuła się już zupełnie dobrze, gdyśmy stąd wychodzili — niecierpliwie zauważył Lombard.

Armstrong zwrócił uwagę na znak widoczny na karku zmarłej.

— Tu, zdaje się, jest ślad po zastrzyku.

Brzęczenie pszczoły odezwało się od okna. Vera krzyknęła:

— Patrzcie... pszczoła! Przypomnijcie sobie, co mówiłam dziś rano!

Armstrong skonstatował ponuro:

— To nie ta pszczoła ją ukłuła! Tutaj ktoś trzymał strzykawkę w ręku.

Sędzia zapytał:

— Jaka trucizna została jej wstrzyknięta?

— Przypuszczam, że jakiś cyjanek... Być może cyjanek potasu, podobnie jak to miało miejsce z Marstonem. Powinna była umrzeć prawie natychmiast przez uduszenie.

— Ale ta pszczoła! — zawołała Vera. — Cóż za zbieg okoliczności!

Lombard rzekł zgryźliwie:

— O, to żaden zbieg okoliczności! Nasz morderca stara się zachować koloryt lokalny. To bydlę lubi się bawić. Znajduje przyjemność w tym, że trzyma się tego przeklętego wierszyka jak najdokładniej. — Po raz pierwszy głos jego był ostry i przenikliwy, jakby i jego nerwy, zahartowane w licznych niebezpieczeństwach, zostały tym razem napięte do ostateczności. Podjął gwałtownie:

— To szaleństwo!... Czyste szaleństwo... My wszyscy jesteśmy szaleni!

Sędzia rzekł, nie tracąc spokoju:

— Potrafimy jeszcze, na szczęście, rozumować. Czy ktoś z państwa przywiózł do tego domu strzykawkę?

Doktor Armstrong wyprostował się i odparł niezbyt pewnym głosem:

– Tak, ja.

Spoczęły na nim cztery pary oczu. Starał się przeciwstawić wrogiemu spojrzeniu tych oczu.

– Zawsze podróżuję ze strzykawką. Większość lekarzy tak czyni.

Sędzia Wargrave odezwał się chłodno:

– Istotnie. Czy mógłby nam pan powiedzieć, doktorze, gdzie ta strzykawka znajduje się obecnie?

– W walizeczce w moim pokoju.

– Czy nie byłoby dobrze przekonać się o tym? – zapytał sędzia.

Pięć osób weszło na schody w milczącym pochodzie.

Zawartość walizki została wysypana na podłogę. Strzykawki nie znaleziono.

IV

Armstrong wybuchnął:

– Ktoś ją musiał stąd zabrać!

W pokoju zapanowało milczenie. Lekarz stał tyłem do okna. Oczy wszystkich wyrażały oskarżenie lub podejrzenie. Armstrong spoglądał to na Wargrave'a, to na Verę i powtarzał bezradnym, słabym głosem:

– Zapewniam państwa, że ktoś musiał mi ją zabrać.

Blore i Lombard porozumieli się wzrokiem.

– Jest nas tu pięcioro – rzekł sędzia. – Mordercą jest jedno z nas! Grozi nam wszystkim śmiertelne niebezpieczeństwo. Musimy poczynić wszelkie możliwe kroki, by uratować cztery niewinne osoby. Chciałbym pana zapytać, doktorze, jakie lekarstwa znajdują się w tej chwili w pańskim posiadaniu.

– Mam ze sobą podręczną apteczkę. Mogą ją państwo zobaczyć. Znajdą w niej państwo środki nasenne – luminal i weronal – pastylki bromowe, sodę oczyszczoną, aspirynę. Nic więcej. Nie ma w niej żadnego cyjanku.

– Ja też wziąłem trochę proszków nasennych, zdaje się, że luminal. Przypuszczam, że mogą być śmiertelne, jeśliby ktoś zażył dostatecznie dużą dawkę. A w pańskim posiadaniu, panie kapitanie, znajduje się rewolwer.

– I cóż z tego? – odpowiedział ostro Lombard.

– Nic, tylko proponuję, aby lekarstwa doktora, moje pastylki i pana rewolwer zostały zgromadzone i umieszczone w bezpiecznym miejscu. Gdy to zostanie zrobione, powinniśmy wszyscy zgodzić się na osobistą rewizję oraz przeszukanie naszych pokoi.

Lombard zaoponował:

– Włosy mi na dłoni wyrosną, jeżeli oddam rewolwer!

– Drogi panie – odpowiedział sędzia surowo – jest pan nieźle zbudowany, wygląda pan na silnego młodzieńca, ale inspektor Blore też nie jest ułomkiem. Nie wiem, jaki byłby wynik walki między wami dwoma. A po stronie Blore'a staniemy wszyscy: ja, doktor Armstrong, panna Claythorne, i nie będziemy oszczędzali swych sił. Musi pan przyznać, że w tych warunkach ma pan słabe szanse.

Lombard odrzucił do tyłu głowę. Spoza zaciśniętych zębów dobyło się jakby warknięcie.

– Dobrze, bardzo dobrze. Jeśli wszyscy mamy poddać się temu samemu.

Wargrave skinął głową.

– Jest pan rozsądnym młodym człowiekiem. Gdzie pan ma ten rewolwer?

– W szufladzie nocnego stolika.

– Dobrze.

– Przyniosę go.

– Sądzę, że byłoby wskazane, byśmy poszli wszyscy razem.

Lombard rzekł z kąśliwym uśmiechem:

– Diabelnie podejrzliwy z pana człowiek.

Udali się korytarzem do pokoju Lombarda.

Philip podszedł do stolika i wyciągnął szufladę. Cofnął się z przekleństwem. Była pusta.

V

– Czy są panowie zadowoleni? – spytał Lombard.

Rozebrał się do naga, a jego rzeczy oraz cały pokój zostały drobiazgowo przeszukane przez trzech towarzyszy. Vera Claythorne czekała na korytarzu.

Rewizja przebiegała planowo. Z kolei sędzia, Armstrong i Blore poddali się tej samej próbie.

Czterej mężczyźni wyszli z pokoju Blore'a i zbliżyli się do Very. Sędzia rzekł:

– Sądzę, że pani rozumie, panno Claythorne, że nie możemy robić żadnych wyjątków. Ten rewolwer musi się znaleźć. Przypuszczam, że pani wzięła ze sobą kostium kąpielowy?

Vera skinęła głową.

– Proszę więc pójść do swego pokoju, przebrać się i wrócić tu do nas.

Vera zatrzasnęła drzwi swej sypialni. Wkrótce wyszła ubrana w obcisły strój kąpielowy.

Sędzia powiedział głośno:

– Dziękuję. Teraz, jeśli zechce pani zaczekać, przeszukamy pani pokój.

Vera cierpliwie stała na korytarzu, dopóki się nie zjawili. Potem weszła do pokoju, przebrała się i wróciła do nich.

– Jesteśmy pewni jednego – stwierdził sędzia. – Nikt z nas pięciorga nie ma w tej chwili trucizny ani broni. To jedno jest zadowalające. Schowamy teraz lekarstwa w bezpiecznym miejscu. W spiżarni musi być chyba kaseta do przechowywania srebra?

Blore wtrącił:

– Wszystko dobrze, ale kto będzie miał klucz od niej? Przypuszczam, że pan?

Sędzia Wargrave nie odpowiedział.

Zszedł do spiżarni w towarzystwie czworga osób. Znajdowała się tam rzeczywiście mała kaseta na srebro stołowe. Według wskazówek sędziego umieszczono w niej wszystkie lekarstwa, następnie zamknięto ją na klucz. Kasetę włożono do kredensu. Sędzia dał klucz od kasety Lombardowi, a klucz od kredensu Blore'owi.

– Wy dwaj jesteście fizycznie najsilniejsi. Żaden z was nie mógłby bez trudu odebrać kluczy drugiemu. Nikt z nas trojga też by tego nie potrafił. Wyłamanie drzwi kredensu albo rozbicie kasety nie mogłoby się obejść bez hałasu i zwrócenia czyjejś uwagi. – Zastanawiał się chwilę. – Mamy jeszcze jeden problem do rozwiązania. Co się stało z rewolwerem pana Lombarda?

– Sądzę, że jego właściciel najlepiej powinien wiedzieć – rzekł Blore.

Lombardowi drgnęły nozdrza.

– Ty przeklęty zakuty łbie! Mówiłem, że został mi skradziony.

– Kiedy widział go pan po raz ostatni? – zapytał sędzia.

– Wczoraj wieczorem. Włożyłem go do szuflady przed pójściem spać... na wszelki wypadek.

Sędzia skinął głową.

– Widocznie ktoś zabrał broń rano, podczas zamieszania spowodowanego zniknięciem Rogersa.

– Musi być gdzieś w domu – rzekła Vera. – Trzeba poszukać.

Palce sędziego lekko gładziły podbródek.

– Wątpię, czy nasze poszukiwania przyniosą rezultat. Morderca miał dostatecznie dużo czasu, by znaleźć odpowiednią kryjówkę.

Blore odezwał się z pewną miną:

– Nie wiem, gdzie jest rewolwer, ale mogę się założyć, że wiem, gdzie należy szukać strzykawki. Proszę iść za mną.

Otworzył drzwi frontowe i obszedł dom dookoła.

Pod oknem znalazł rozbitą strzykawkę. Obok leżała figurka z porcelany, szósty, potrzaskany żołnierzyk.

– Tak, mogło to leżeć tylko tutaj – rzekł głosem pełnym satysfakcji. – Po zabiciu panny Brent morderca otworzył okno i wyrzucił strzykawkę wraz z żołnierzykiem...

Na metalowych częściach strzykawki nie było widać odcisków palców. Zostały starannie wytarte.

– A teraz poszukamy rewolweru – zażądała Vera stanowczo.

Sędzia Wargrave skinął głową.

– Doskonale. Jednak musimy stale być razem. Proszę pamiętać, że jeżeli się rozdzielimy, morderca wykorzysta każdą chwilę.

Przeszukali starannie dom od strychu do piwnic, ale bez rezultatu. Rewolwer zniknął.

ROZDZIAŁ TRZYNASTY

I

Ktoś z nas... ktoś z nas... ktoś z nas...

Trzy słowa, bez przerwy powtarzane, wbijały się z godziny na godzinę w ich umysły.

Pięć osób... pięć przerażonych osób śledzących się wzajemnie, niezadających już sobie właściwie trudu, by ukrywać zdenerwowanie.

Nie zwracali uwagi na pozory, nie silili się na konwencjonalną rozmowę. Byli wrogami, których przykuwał do siebie jedynie instynkt samoobrony.

Zaczęli nagle tracić cechy ludzkie, a przybierać zwierzęce. Wargrave, podobny do starego żółwia, siedział zgięty, nieruchomy, patrzał czujnie i przenikliwie. Były inspektor Blore, z oczyma nabiegłymi krwią, wyglądał jak osaczony zwierz, gotowy rzucić się na myśliwych. Zmysły Lombarda się wyostrzyły. Jego słuch reagował na najcichszy dźwięk, krok stał się lżejszy i szybszy. Uśmiechał się często, ukazując zza rozchylonych warg białe zęby.

Vera Claythorne robiła wrażenie spokojnej. Większość czasu spędzała skulona na krześle. Wpatrywała się bezmyślnie w przestrzeń, jak gdyby w oszołomieniu. Przypominała ptaka, który wyrżnął głową o szybę i został następnie złapany przez człowieka. Kuli się przerażony, niezdolny do jakiegokolwiek ruchu, przekonany, że bierność to jedyny sposób ratunku.

Armstrong znajdował się w pożałowania godnym stanie. Miał tiki nerwowe, ręce mu się trzęsły. Zapalał papierosa za papierosem i prawie zaraz wyrzucał niedopałek. Przymusowa bezczynność zdawała się bardziej wyczerpywać jego niż innych. Od czasu do czasu wybuchał potokiem słów:

– Przecież... nie możemy... no, nie możemy siedzieć tak bezczynnie. Musi być coś... na pewno, jestem przekonany... jest coś takiego, co moglibyśmy zrobić. A gdybyśmy rozpalili ognisko?

Blore zapytał ironicznie:

– Przy tej pogodzie?

Ulewa trwała nadal. Podmuchy wiatru wzmagały się chwilami. Beznadziejny szmer padających kropel doprowadzał ich prawie do szaleństwa.

Bez słowa przyjęli pewien plan postępowania. Wszyscy siedzieli w salonie. Tylko jedno z nich mogło opuścić pokój. Pozostała czwórka czekała, aż piąta osoba wróci.

– Ostatecznie to tylko kwestia czasu – rzekł Lombard. – Pogoda się poprawi. Wtedy możemy przystąpić do akcji... dawać sygnały, zapalać ognie... zrobić tratwę... w ogóle cokolwiek!

Armstrong wybuchnął głośnym śmiechem.

– Kwestia czasu... czasu? My nie mamy czasu! Wszyscy pomrzemy...

Cichy głos sędziego brzmiał stanowczo:

– Nie, jeśli będziemy ostrożni. Musimy być ostrożni...

Obiad zjedli bez dotychczasowego ceremoniału. W piątkę zeszli do kuchni. W spiżarni był zapas różnych konserw. Otworzyli puszkę z marynowanym ozorem i dwie puszki owoców. Jedli, stojąc wokół stołu kuchennego. Potem całą gromadką wrócili do salonu, by usiąść i nawzajem się pilnować.

Trapiły ich myśli chorobliwe, gorączkowe, chaotyczne...

„To na pewno Armstrong... widziałem, jak patrzał na mnie bokiem w taki dziwny sposób... jego oczy zdradzają obłęd... jest pomylony... Być może w ogóle nie jest lekarzem... Oczywiście, że nie! Jest wariatem, który uciekł ze szpitala, wmówiwszy sobie, że jest lekarzem... Tak, to prawda... czy mam im to powiedzieć? Głośno krzyknąć... Nie, lepiej go nie ostrzegać... W tej chwili robi wrażenie normalnego... Która to godzina?... Dopiero kwadrans po trzeciej!... O Boże, ja chyba oszaleję... Tak, to Armstrong... Znowu na mnie patrzy...".

„Mnie nie dostaną! Potrafię uważać na siebie... Już nie w takich bywałem tarapatach... Do pioruna, gdzie podział się ten rewolwer?... Kto go wziął?... Kto go ma?... Nikt go nie ma, o tym wiemy. Szukaliśmy wszędzie... Nikt nie ma go przy sobie... Ale ktoś wie, gdzie jest...".

„Oni wszyscy zaczynają wariować, są coraz bliżsi szaleństwa. Śmiertelnie przerażeni... wszyscy boimy się śmierci. Ja również boję się śmierci... Tak, ale to nie powstrzyma pochodu śmierci... Śmierć z kosą stoi u twego progu... Gdzie ja to czytałem? Ta dziewczyna; muszę jej pilnować. Tak, będę jej musiał pilnować...".

„Dopiero za dwadzieścia czwarta, jeszcze dwadzieścia minut do czwartej... a może zegarek stanął?... Nie mogę tego zrozumieć... nie mogę tego zrozumieć... Żeby się coś takiego mogło zdarzyć... A zdarzyło się!... Dlaczego nie obudzimy się z tego koszmaru? Obudzimy się na Sądzie Ostatecznym... nie, nie to! Gdybym przynajmniej mogła myśleć. Moja głowa, coś stało się z moją głową... pęka... coś ją rozsadza... Nie, to się nie może stać... Która to godzina?... O Boże, dopiero za kwadrans czwarta".

„Nie mogę tracić głowy... Nie mogę tracić głowy... Żebym tylko nie stracił głowy... Wszystko jest jasne... wypracowane. Nikt nie śmie podejrzewać. Ten trick powinien się udać. Musi się udać! Tylko kto? Tak, to pytanie... kto? Sądzę... tak, sądzę... że on...".

Gdy zegar wybił piątą, wszyscy podskoczyli.

Vera zerwała się z miejsca.

– Czy ktoś z państwa chce się napić herbaty?

Przez chwilę panowało milczenie. Wreszcie przerwał je Blore:

– Poproszę filiżankę.
Vera wstała.
– Pójdę i przygotuję. Panowie mogą tu zostać.

Sędzia Wargrave odezwał się uprzejmym tonem:
– Będziemy raczej woleli pójść z panią i przypatrzyć się, jak pani parzy herbatę.

Vera spojrzała na niego, po czym zaśmiała się histerycznie.
– Oczywiście! Mogą panowie popatrzeć.

Pięć osób poszło do kuchni. Herbata została zaparzona i wypita przez Verę i Blore'a. Pozostała trójka wolała whisky z wodą sodową. Otworzyli nienapoczętą butelkę, a syfon wyjęli z zapieczętowanej skrzynki.

Sędzia mruknął z jadowitym uśmieszkiem:
– Musimy być bardzo ostrożni...

Wrócili do salonu. Mimo lata w pokoju było już ciemno. Lombard przekręcił kontakt, ale światło się nie zapaliło.

– Naturalnie, akumulatory nie zostały naładowane, bo po śmierci Rogersa nie miał się tym kto zająć! – Zawahał się i rzekł: – Moglibyśmy zejść na dół i puścić motor.

– W spiżarni jest pudło ze świecami – rzekł sędzia. – Lepiej wziąć świece.

Lombard wyszedł. Pozostała czwórka usiadła, obserwując się wzajemnie.

Lombard wrócił z pudełkiem i stosem talerzyków. Zapalił pięć świec i porozstawiał je na stołach.
Była za kwadrans szósta.

II

Dwadzieścia po szóstej Vera poczuła, że dłuższe siedzenie tutaj jest ponad jej siły. Postanowiła wrócić do swego pokoju i położyć na bolącą głowę zimny kompres.

Wstała i podeszła do drzwi. Potem przypomniała coś sobie, cofnęła się i wyjęła z pudełka świecę. Zapaliła ją, nakapała stearyny na spodek i przylepiła świecę. Zatrzasnęła za sobą drzwi, zostawiając czterech mężczyzn samych.

Weszła na górę i udała się korytarzem do swego pokoju. U progu zatrzymała się nagle i stanęła nieruchomo.

Nagle nozdrza jej zadrgały.

Morze... zapach morza w St. Tredennick.

To ten zapach. Nie mogła się pomylić. Oczywiście na wyspie zawsze czuć morzem, ale to zupełnie co innego. To był zapach zatoki w ów dzień, gdy po odpływie wodorosty schły na odsłoniętych skałach.

„Czy mogę popłynąć do skały, panno Claythorne?".

„Dlaczego nie mogę popłynąć do tej skały?...".

Szkaradny, rozkapryszony, zepsuty chłopak! Gdyby nie on, Hugh byłby bogaty... Mógłby ożenić się z dziewczyną, którą kochał...

Hugh...

Czyżby Hugh znajdował się przy niej? Nie, czeka na nią w pokoju...

Zrobiła krok naprzód. Płomień świecy zamigotał od przeciągu i nagle zgasł. W ciemności chwycił ją strach...

„Nie bądź głupia – powtarzała sobie. – Wszystko jest w porządku. Mężczyźni są na dole. Wszyscy czterej. Nikogo nie ma w pokoju. Wyobrażam sobie coś nieprawdziwego...".

Ale ten zapach – ten zapach zatoki w St. Tredennick... to nie była tylko wyobraźnia. Istniał naprawdę.

A jednak ktoś jest w pokoju... Usłyszała lekki szelest... na pewno coś usłyszała.

I nagle, gdy tak stała, nasłuchując – zimna, oślizła ręka dotknęła jej szyi... mokra ręka pachnąca morzem...

III

Vera wrzasnęła. Wrzeszczała i wrzeszczała – były to okrzyki obłędnego strachu, dzikie, rozpaczliwe wołanie o pomoc.

Nie słyszała hałasu na parterze, gdy ktoś przewrócił krzesło, gwałtownie otarł drzwi i biegł po schodach. Owładnął nią bezgraniczny strach.

Gdy przyszła do siebie, zobaczyła migotanie świec w drzwiach i wpadających do pokoju mężczyzn.

– Co, u diabła? Co się stało? Na miłość boską, co pani jest?

Zachwiała się, zrobiła krok naprzód i padła na podłogę.

Jak przez mgłę czuła, że ktoś nachyla się nad nią i próbuje ją podnieść.

Wtem usłyszała okrzyk, krótkie: „Na Boga, spójrzcie na to!". Otworzyła oczy i podniosła głowę. Zobaczyła to, na co patrzyli mężczyźni trzymający świece.

Szeroka wstęga morskich wodorostów zwisała z sufitu. One to właśnie otarły się o jej szyję. Wzięła je za oślizłą rękę, rękę topielca, który wrócił, by odebrać jej życie!

Zaczęła się histerycznie śmiać.

– To wodorosty... tylko wodorosty... i stąd ten zapach!...

Wpadła w ponowne omdlenie. Ktoś przytknął jej szklankę do ust. Poczuła zapach brandy. Już zamierzała ją wypić, gdy nagle, jak dzwonek alarmowy, zadźwięczała w jej głowie myśl. Usiadła, odsuwając szklankę.

Zapytała ostro:

– Skąd jest ta brandy?

Blore wpatrywał się w nią przez chwilę, po czym odpowiedział:

– Przyniosłem ją z dołu.

Vera zawołała:

– Nie chcę tego pić!

Nastąpiła chwila ciszy, wreszcie Lombard zaśmiał się.

– To dobrze o pani świadczy, panno Vero. Nie traci pani głowy, chociaż przed sekundą była pani na pół żywa ze strachu. Przyniosę zaraz nową butelkę, jeszcze nienapoczętą.

Wyszedł bez zwłoki.

Vera rzekła niepewnie:

– Czuję się już dobrze. Chciałabym się napić wody.

Armstrong pomógł jej wstać. Podeszła do umywalni, wsparta na jego ramieniu. Otworzyła kurek z zimną wodą i napełniła szklankę.

– Brandy była w porządku – oburzył się Blore.

– Skąd pan wie? – zapytał lekarz.

– Niczego do niej nie wsypałem. Jeśli to miał pan na myśli.

– Nie twierdzę, że pan coś do niej wsypywał. Równie dobrze mógł to uczynić ktoś inny, przewidując podobną okoliczność.

Lombard wszedł szybko do pokoju.

Trzymał w ręku nieodkorkowaną butelkę i korkociąg. Podsunął zapieczętowaną główkę butelki pod nos Very.

– No, tu nie ma się czego obawiać.

Zdjął opaskę cynfoliową i wyciągnął korek.

– Całe szczęście, że mamy w tym domu zapasik alkoholu... Wszystko dzięki trosklwości U.N. Owena.

Verą wstrząsnął silny dreszcz.

Armstrong trzymał szklankę. Philip nalewał brandy.

– Lepiej niech się pani napije, panno Claythorne. Doznała pani nielichego szoku.

Przełknęła parę łyków. Policzki jej się zaróżowiły.

Lombard odezwał się ze śmiechem:

– Nareszcie jedno morderstwo nie zostało planowo wykonane.

– Czy pan rzeczywiście sądzi, że tu o to chodziło? – spytała Vera niemal szeptem.

Lombard skinął głową.

– Prawdopodobnie morderca był przekonany, że pani umrze ze strachu. Przecież to się zdarza, prawda, doktorze?

Armstrong nie od razu odpowiedział.

159

— Hm, trudno przewidzieć. Młoda, zdrowa osoba... bez wady serca. To raczej mało prawdopodobne... Z drugiej strony...

Chwycił szklankę przyniesioną przez Blore'a. Umoczył w niej palec i ostrożnie skosztował. Wyraz jego twarzy nie uległ zmianie. Powiedział z wahaniem:

— Zdaje mi się, że wszystko jest w porządku.

Blore zirytowany podszedł ku niemu.

— No, niechby pan spróbował rzucić na mnie podejrzenie, oberwałby pan coś niecoś.

Pod wpływem brandy Vera przyszła do siebie.

— A gdzie sędzia? — zapytała dla rozładowania napięcia.

Mężczyźni spojrzeli po sobie.

— Dziwne... Wydawało mi się, że przyszedł razem z nami.

— Tak samo i ja sądziłem. — Blore zwrócił się do doktora: — Pan szedł za mną po schodach?

Armstrong odpowiedział:

— Myślałem, że on idzie za mną... Oczywiście, ze względu na wiek nie mógł iść tak szybko jak my.

Spojrzeli ponownie na siebie.

— Do diabła, to dziwne — rzekł Lombard.

— Chodźmy zobaczyć, co się z nim dzieje! — zawołał Blore.

Skierował się do drzwi. Reszta postępowała za nim. Vera na końcu.

Gdy zeszli na dół, Armstrong zauważył:

— Myślę, że jest w swej sypialni.

Przeszli przez hol, Armstrong zawołał głośno:

— Panie sędzio!... Wargrave!... Gdzie pan jest?

Nie było odpowiedzi. Dom zalegało śmiertelne milczenie, dochodził ich tylko delikatny szum deszczu.

W drzwiach salonu Armstrong stanął jak wryty. Inni tłoczyli się i zaglądali mu przez ramię.

Ktoś krzyknął.

Sędzia Wargrave siedział w fotelu w drugim końcu pokoju. Dwie świece paliły się po obu jego stronach. Ale najbardziej uderzyło wszystkich to, że był ubrany w szkarłatną szatę, w peruce sędziowskiej na głowie...

Doktor Armstrong polecił towarzyszom pozostać w tyle, a sam, chwiejnie jak pijany, podszedł do milczącej, nieruchomej postaci.

Nachylony wpatrywał się w spokojną twarz. Nagłym ruchem zerwał perukę z głowy sędziego i rzucił ją na podłogę. Pośrodku łysiny widniała okrągła plama, z której coś wyciekało. Lekarz podniósł bezwładną rękę i zbadał puls. Wreszcie odwrócił się.

Rzekł głosem bezbarwnym, jak gdyby pochodzącym z daleka:

– Został zastrzelony.

Blore drgnął.

– Do diabła... Ten rewolwer!

Lekarz przemówił martwym głosem:

– Dostał w głowę. Śmierć nastąpiła natychmiast.

Vera podniosła perukę. Stwierdziła z przerażeniem:

– To przecież zagubiona włóczka panny Brent.

– I zasłona – dodał Blore – która zniknęła z łazienki.

– Właśnie w tym celu została zabrana – wyszeptała Vera.

Lombard zaśmiał się nienaturalnie. Zaczął recytować:

Pięciu sprytnych żołnierzyków
W prawie robić chce karierę;
Jeden już przymierzył togę...
I zostało tylko czterech.

– Ot, taki jest koniec „wieszającego" sędziego Wargrave'a. Już więcej nie będzie wydawać wyroków! Nie włoży już czarnego sędziowskiego biretu! Siedzi, jak gdyby był ostatni raz w sądzie. Nie będzie więcej wydawał wyroków i posyłał niewinnych ludzi na śmierć. Edward Seton śmiałby się teraz, gdyby tu był. Boże, jak on by się śmiał!

Jego wybuch wstrząsnął innymi.

– Jeszcze dziś rano mówił pan – krzyknęła Vera – że to na pewno on!

Twarz Lombarda spochmurniała. Odrzekł cichym głosem:

– Wiem, że tak mówiłem... No tak, pomyliłem się. Jeszcze jeden z nas, którego niewinność została udowodniona za późno!

ROZDZIAŁ CZTERNASTY

I

Zanieśli zwłoki sędziego do jego pokoju i położyli na łóżku.

Następnie zeszli na dół i przystanęli w holu, obserwując się nawzajem.

Blore odezwał się ponuro:

– Co teraz robić?

Lombard zaproponował szybko:

– Zjemy coś. Powinniśmy coś zjeść, prawda?

Jeszcze raz udali się do kuchni. Znowu otworzyli puszkę z ozorem. Jedli machinalnie, nie odczuwając smaku.

Vera zapewniła:

– Nigdy więcej nie wezmę do ust marynowanego ozora.

Wreszcie skończyli. Siedzieli naokoło stołu kuchennego, wpatrując się w siebie.

– Zostało nas już tylko czworo... – zauważył Blore. – Kto będzie następny?

Oczy Armstronga rozszerzyły się. Powiedział prawie bezmyślnie:

– Musimy być ostrożni.

– On mówił to samo ... a teraz nie żyje.

Armstrong zapytał:

– Ciekawe, jak to się stało?

Lombard zaklął.

– Diabelnie inteligentny podstęp. Powiesił wodorosty w pokoju panny Claythorne i wszystko odbyło się zgodnie z planem. Rzuciliśmy się na górę, myśląc, że ją ktoś morduje. I tak – w ogólnym zamieszaniu – ktoś sprzątnął staruszka.

— Dlaczego nikt nie słyszał wystrzału? — dziwił się Blore.

Lombard potrząsnął głową.

— Panna Claythorne krzyczała, wiatr wył, myśmy biegli i głośno wołali. Nie, nie można było słyszeć wystrzału. — Zastanowił się. — Ale ten numer więcej nie przejdzie. Następnym razem musi wymyślić coś innego.

— Przypuszczalnie tak zrobi — rzekł Blore.

W jego głosie dźwięczał niemiły ton.

Armstrong powtórzył:

— Jest nas czworo i nie wiemy kto...

Blore przerwał:

— Ja wiem...

— Ja też nie mam najmniejszej wątpliwości — wtrąciła Vera.

Armstrong powiedział, cedząc powoli wyrazy:

— Sądzę, że znam prawdę...

— Wydaje mi się, że mam już skrystalizowany pogląd... — rzekł Philip Lombard.

Znowu spojrzeli na siebie...

Vera wstała.

— Czuję się okropnie. Muszę iść do łóżka... Jestem zupełnie rozbita.

— To niezła myśl — odparł Lombard. — Nie ma sensu sterczeć tu i oglądać się nawzajem.

Blore dodał:

— Podzielam pańskie zdanie.

Lekarz mruknął:

— Nic innego nam nie pozostaje, choć wątpię, by ktokolwiek potrafił zasnąć.

Skierowali się do drzwi.

— Chciałbym wiedzieć, gdzie teraz znajduje się rewolwer — rzekł Blore.

II

Ruszyli na górę.

Wszystkie następne ich czynności przypominały scenę z farsy.

Każde z nich stanęło w progu swej sypialni, trzymając rękę na klamce. Potem, jak gdyby na dany sygnał, każde weszło do pokoju, zatrzaskując za sobą drzwi. Zazgrzytały klucze w zamkach i słychać było przesuwanie mebli.

Cztery przerażone osoby zabarykadowały się aż do rana.

III

Philip Lombard podparł klamkę krzesłem, po czym westchnął z ulgą.

Podszedł do lustra. W migoczącym blasku świecy studiował z uwagą swoją twarz. Rzekł cicho do siebie:

– Tak, ta cała zabawa dała mi się we znaki.

Nagle zęby jego błysnęły w okrutnym uśmiechu.

Szybko się rozebrał. Podszedł do łóżka i położył zegarek na nocnym stoliku. Otworzył szufladę.

Stał przez pewien czas, wpatrując się w rewolwer.

IV

Vera Claythorne leży w łóżku.

Świeca pali się spokojnym płomieniem. Ale Vera nie mogłaby się teraz zdobyć na odwagę, by ją zgasić.

Boi się ciemności...

„Ciągle powtarza: Jesteś bezpieczna do rana. Nic się nie stanie dzisiejszej nocy. Nic się nie może stać. Drzwi są zamknięte i zaryglowane. Nikt nie może się do ciebie zbliżyć".

Wtem przyszło jej na myśl:

„Naturalnie! Przecież ja tu mogę zostać! Zamknąć się i zostać! Jedzenie nie gra żadnej roli! Mogę tu bezpiecznie siedzieć aż do nadejścia pomocy! Nawet gdyby to miało trwać dzień lub dwa...".

Zostać tutaj. Tak, ale czy to możliwe? Godzina po godzinie... z nikim nie rozmawiać, nic nie robić, tylko myśleć...

Zacznie myśleć o Kornwalii – o nim... Hugh – i co... co takiego powiedziała do Cyrila?

Szkaradny, skamlący, stale naprzykrzający się chłopak...

„Panno Claythorne, dlaczego nie mogę popłynąć do skały? Ja potrafię. Wiem, że potrafię".

Czy to jej głos odpowiedział:

„Ależ oczywiście, Cyrilu, że potrafisz, wiem o tym".

„I mogę, proszę pani, tam popłynąć?".

„Widzisz, Cyrilu, twoja matka jest bardzo nerwowa i boi się o ciebie. Powiem ci, co zrobimy. Jutro będziesz mógł popłynąć do skały. Będę rozmawiała z twoją matką na plaży, żeby odwrócić jej uwagę. A gdy spojrzy na ciebie, będziesz już stał na skale i machał do niej ręką. To będzie dla niej prawdziwa niespodzianka!".

„Klawo, panno Claythorne, to będzie świetny kawał".

Powtórzyła to słowo teraz. Jutro! Hugh miał się udać do Newquay. Gdy wróci, będzie po wszystkim.

Ale przypuśćmy, że się nie uda? Że źle pójdzie? Cyril może zostać uratowany. A potem powie: „Panna Claythorne powiedziała, że mogę". Co wtedy? Czasem trzeba ryzykować. Jeśli przyjdzie najgorsze, będzie musiała stawić temu czoło.

„Jak możesz tak brzydko kłamać, Cyrilu? Nigdy w życiu nie powiedziałam czegoś podobnego". Na pewno jej uwierzą. Cyril często opowiadał bajeczki. Nie był prawdomównym dzieckiem. Oczywiście, tylko Cyril znałby prawdę. Ale to nie gra żadnej roli... Zresztą wszystko pójdzie dobrze. Postanowiła popłynąć za nim. Ale przypłynie za późno... Nikt nawet nie będzie podejrzewać...

Czy Hugh podejrzewał? Dlaczego patrzał na nią takim dziwnym, jak gdyby nieobecnym wzrokiem? Czy Hugh się domyślił?

Dlaczego zniknął tak nagle, zaraz po śledztwie?

Nie odpisał na jej jedyny list.

Hugh...

Vera niespokojnie poruszyła się w łóżku. Nie, nie powinna o nim myśleć. To zanadto boli! Wszystko już dawno minęło, wszystko ma już poza sobą... Musi zapomnieć.

Dlaczego dzisiejszego wieczora wydało jej się nagle, że Hugh jest razem z nią w pokoju?

Wpatrywała się w sufit, w duży czarny hak pośrodku sufitu.

Nie zauważyła wcześniej tego haka.

Właśnie z niego zwisały wodorosty.

Zadrżała na wspomnienie zimnego, śliskiego dotyku na szyi.

Ze wstrętem patrzyła na hak na suficie. Przyciągał jej wzrok, fascynował ją... duży, czarny hak...

V

Inspektor Blore usiadł na skraju łóżka.

Jego małe, krwią nabiegłe oczy czujnie poruszały się w nieruchomej, mięsistej twarzy. Przypominał dzika przed natarciem.

Nie miał ochoty spać.

Niebezpieczeństwo stawało się coraz bliższe... Sześć osób z dziesięciu...

Sędzia z całą swoją mądrością, chytrością i ostrożnością podzielił los innych. Blore chrząknął z uczuciem dzikiej satysfakcji.

Co ten stary piernik zawsze mówił?

„Musimy być bardzo ostrożni..."

Stary zarozumialec, wymuskany hipokryta. Siedzi sobie taki w sądzie i wydaje mu się, że jest wszechmocnym bóstwem. Dostał za swoje... Nie musi już być ostrożny.

A teraz zostało ich tylko czworo. Dziewczyna, Lombard, Armstrong i on sam.

Bardzo szybko może znów ktoś z nich odejść...

Ale nie William Henry Blore. Już on się o to postara.

(Tylko ten rewolwer... Co się dzieje z rewolwerem? To go właśnie niepokoi... rewolwer!).

Blore siedział na łóżku i ze zmarszczonymi brwiami starał się rozwiązać problem rewolweru...

W ciszy słyszał uderzenia zegara dochodzące z dołu. Północ.

Przeciągnął się i położył. Nie chciał się rozbierać. Starał się całą sprawę przemyśleć metodycznie, punkt za punktem, jak zwykł czynić, gdy był oficerem policji. Dokładność zawsze popłaca.

Świeca się dopalała. Stwierdziwszy, że zapałki są w zasięgu jego ręki, zgasił świecę.

Dość dziwne, że po raz pierwszy ciemność wydała mu się niepokojąca. Jak gdyby tysiącletnie strachy obudziły się i walczyły w jego mózgu o pierwszeństwo. Twarze unosiły się w powietrzu: twarz sędziego okolona na pośmiewisko szarą włóczką; sina, martwa twarz pani Rogers; purpurowa, wykrzywiona konwulsyjnie twarz Marstona.

I jeszcze jedna twarz – okulary, blada twarz z małym jasnym wąsikiem.

Widział tę twarz już kiedyś, ale gdzie? Nie na wyspie. Nie, było to znacznie dawniej.

Śmieszne, ale nie może przypomnieć sobie nazwiska. Jakaś dziwna twarz, wygląda jak gęba starego znajomego.

Oczywiście!

Wzdrygnął się na to wspomnienie.

Landor.

Jakie to dziwne, że w ostatnich czasach całkiem zapomniał twarzy Landora. Kiedyś chciał ją sobie przypomnieć i nie mógł. A teraz miał ją przed oczyma, każdy szczegół wyraźnie zarysowany, jak gdyby widział ją ubiegłego dnia.

Landor miał żonę – takie chucherko o zmartwionej twarzy. Była tam też córka, czternastoletnia dziewczynka. Po raz pierwszy pomyślał, co też się z nimi stało.

(Rewolwer! Co się stało z rewolwerem? To znacznie ważniejsze).

Im dłużej nad tym dumał, tym bardziej sprawa nie dawała mu spokoju... Nic z niej nie rozumiał. Jasne, że ktoś zabrał ten rewolwer... Na dole wybiła pierwsza.

Tok myśli Blore'a został nagle przerwany. Usiadł na łóżku, czujnie nasłuchując. Słychać było szelest – bardzo słaby szelest w głębi korytarza.

Ktoś poruszał się w ciemnym domu.

Pot wystąpił mu na czoło. Któż to przechodził cicho, w tajemnicy przez korytarz? Ktoś, kto ma nieczyste zamiary! Mógłby się o to założyć!

Mimo potężnej budowy podniósł się cicho z łóżka i w dwóch skokach był przy drzwiach, nasłuchując uważnie.

Szelest nie powtórzył się więcej. Blore był jednak przekonany, że się nie pomylił. Słyszał ciche stąpanie za drzwiami. Czuł, jak włosy podnoszą mu się na głowie. Znowu owładnął nim strach.

Ktoś porusza się ukradkiem w nocy.

Nagle ogarnęła go pokusa. Chciał wyjść i śledzić. Oby tylko udało mu się zobaczyć, kto to tak grasuje w ciemnościach.

Ale otwarcie drzwi mogłoby się okazać szaleństwem, jeśli tamten właśnie na to czeka. Może nawet chciał, żeby Blore go słyszał, i liczy na to, że inspektor pójdzie go śledzić.

Blore stał nieruchomo, nasłuchując. Wydawało mu się, że słyszy zewsząd niepokojące dźwięki, trzaski, jakieś tajemnicze szepty – ale jego trzeźwy umysł potrafił to przypisać rozgorączkowanej wyobraźni.

Nagle usłyszał coś, co nie było wytworem fantazji.

Kroki, bardzo ciche, bardzo ostrożne, ale dla wyostrzonego słuchu Blore'a całkiem wyraźne.

Ktoś szedł cicho wzdłuż korytarza. (Pokoje Lombarda i Armstronga znajdowały się dalej od klatki schodowej niż jego). Ktoś minął drzwi Blore'a, nie zatrzymując się ani nie zdradzając wahania.

Blore powziął nagłe postanowienie. Musi zobaczyć, kto to jest! Kroki zbliżały się już do klatki schodowej. Dokąd ten ktoś zmierza?

Jeżeli Blore działał – działał szybko, co mogło wydać się dziwne u mężczyzny na pozór ociężałego.

Podszedł na palcach do łóżka, wsunął do kieszeni pudełko zapałek, wyjął sznur z kontaktu i owinął go dokoła lampy elektrycznej. Była to solidna, metalowa lampa o ciężkiej ebonitowej podstawce. Doskonała broń.

Przeszedł bezszelestnie przez pokój, odsunął cicho krzesło barykadujące drzwi, ostrożnie podniósł zasuwkę i przekręcił klucz w zamku. Znalazł się na korytarzu. Z dołu dochodził nikły szmer.

Blore w samych skarpetkach podbiegł do wylotu schodów.

W tej chwili zdał sobie sprawę, dlaczego tak wyraźnie słyszał te wszystkie szmery. Wiatr ustał zupełnie. Niebo się wypogodziło. Przez okno klatki schodowej padał mdły blask księżyca, słabo oświetlając hol.

Dostrzegł jakąś postać wychodzącą przez frontowe drzwi.

Już zbiegł na dół, by śledzić dalej, gdy wtem przystanął. Znów o mało nie okazał się głupcem. Może to właśnie pułapka mająca na celu wywabienie go z domu.

Przeciwnik jednak nie przewidział jednego, popełnił błąd i musi wpaść w ręce Blore'a. Z trzech zajętych pokoi na górze jeden musi być pusty. Należało tylko pójść i zbadać który.

Blore szybko wrócił na korytarz. Najpierw stanął przed drzwiami Armstronga i zapukał. Nie było odpowiedzi.

Zaczekał chwilę, nim poszedł do pokoju Lombarda. Tutaj odpowiedź padła natychmiast:

– Kto tam?

– Blore. Wydaje mi się, że Armstronga nie ma w pokoju. Niech pan poczeka chwilkę.

Podszedł do drzwi na końcu korytarza. Znowu zapukał.

– Panno Claythorne! Panno Claythorne!

Odpowiedział mu przerażony głos Very:

– Kto tam? Co się stało?

– Wszystko w porządku. Proszę zaczekać chwileczkę. Zaraz wrócę.

Pognał z powrotem do Lombarda. Drzwi otwarły się. Lombard stał, trzymając świecę w lewej ręce. Prawa tkwiła w kieszeni piżamy. Zapytał ostro:

– Co to, u licha, ma znaczyć?

Blore w paru słowach podzielił się z nim spostrzeżeniami.

Lombardowi zabłysły oczy.

– A więc to Armstrong? Hm... Więc to on jest tym ptaszkiem? – Podszedł do drzwi pokoju Armstronga. – Bardzo przepraszam, Blore, ale niczego nie biorę na słowo.

Szarpnął za klamkę.

– Armstrong!... Armstrong!...

Nie było odpowiedzi.

Schylił się i zajrzał przez dziurkę od klucza. Włożył ostrożnie w zamek mały palec.

– Nie ma klucza od wewnętrznej strony.

– To znaczy, że zamknął drzwi z zewnątrz i zabrał klucz ze sobą.

Philip skinął głową.

— Zwykła ostrożność z jego strony. Ale my go złapiemy... Tym razem będziemy go mieli!... Chwileczkę!

Pośpieszył do drzwi Very.

— Vero!

— Tak?

— Idziemy szukać Armstronga. Nie ma go w pokoju. Cokolwiek by się stało, proszę nie otwierać drzwi. Zrozumiała pani?

— Tak, słyszę.

— Jeśliby Armstrong wrócił i powiedział, że ja zostałem zabity lub że Blore nie żyje, proszę nie zwracać na to uwagi. Wolno pani otworzyć drzwi tylko wtedy, gdy Blore i ja równocześnie do pani przemówimy. Zrozumiano?

— Tak. Nie jestem znowu taka głupia.

— Dobrze.

Lombard podszedł do Blore'a.

— No, a teraz za nim. Polowanie się zaczyna!

Blore rzekł:

— Powinniśmy być ostrożni. Przypominam, że on ma rewolwer.

Lombard, schodząc na dół, zachichotał.

— Tym razem nie ma pan racji. — Otworzył drzwi wejściowe. — Niech pan spojrzy, zabezpieczył zamek, by móc swobodnie wrócić.

Odwrócił się.

— Rewolwer jest w moim posiadaniu — podjął, wyciągając go do połowy z kieszeni. — Znalazłem go dziś znowu w szufladzie nocnego stolika.

Blore przystanął nieruchomo na progu. Jego twarz zmieniła się. Philip to spostrzegł.

— Niech pan nie będzie głupcem! Nie mam zamiaru strzelać do pana! Jeśli pan woli, niech pan wróci i zabarykaduje się w swoim pokoju. Mam zamiar rozprawić się z Armstrongiem.

Spojrzał na księżyc. Blore po chwili wahania podążył za Lombardem.

Pomyślał: „Muszę go o to zapytać, ale później".

Ostatecznie nieraz dawał sobie radę z uzbrojonymi złoczyńcami. Można mu było zarzucić wszystko, ale nie brak odwagi. W razie niebezpieczeństwa odważnie szedł do ataku. Nie bał się nigdy niczego określonego, czuł się tylko nieswojo wobec zjawisk, których nie mógł objąć rozumem.

VI

Vera, która miała czekać na dalszy bieg wypadków, wstała i ubrała się.

Parę razy spojrzała na drzwi. Robiły wrażenie solidnych. Były zamknięte na klucz i zasuwkę, klamkę podpierało masywne krzesło dębowe.

Drzwi nie mogły zostać otworzone siłą. A już w żadnym razie przez Armstronga. Nie był potężnej postury. Gdyby Armstrong chciał popełnić morderstwo, na pewno uciekłby się do podstępu.

Zastanawiała się, jakich sposobów mógłby użyć. Mógłby, jak przypuszczał Lombard, powiedzieć jej, że jeden z pozostałych dwóch mężczyzn nie żyje. Albo udawałby, że jest śmiertelnie ranny i przywlókł się pod jej drzwi.

Były jeszcze inne możliwości. Mógł ją na przykład zaalarmować, że dom się pali... Mało tego... mógł go naprawdę podpalić... Tak, to możliwe. Najpierw wywabi dwóch mężczyzn z domu, a potem – przygotowawszy bańkę z benzyną – podpali dom.

A ona, jak idiotka, będzie siedzieć zabarykadowana w swoim pokoju, aż będzie za późno.

Podeszła do okna. Ostatecznie sytuacja nie wyglądała najgorzej. W razie czego można by wyskoczyć. Upadnie, ale pod oknem jest grządka z kwiatami.

Usiadła, otworzyła swój dziennik i zaczęła pisać, porządnie, wyraźnie.

Jakoś trzeba zapełnić czas.

Nagle znieruchomiała. Usłyszała brzęk szkła. Wydawało się jej, że ktoś rozbił szybę. Dźwięk dochodził z dołu. Nasłuchiwała, lecz hałas się nie powtórzył.

Słyszała albo wydawało jej się, że słyszy, ciche stąpania, trzeszczenie schodów, ale to wszystko było tak niewyraźne, że doszła do wniosku, podobnie jak poprzednio Blore, iż to wytwór jej wyobraźni.

Teraz jednak z pewnością usłyszała kroki na dole, odgłos rozmowy. Ktoś zdecydowanie szedł po schodach, otwierał i zamykał drzwi, chodził po poddaszu. Stamtąd też dobiegł ją hałas.

Wreszcie kroki rozległy się na korytarzu. Poznała głos Lombarda.

– Vero, czy wszystko w porządku?

– Tak. Co się stało?

Blore zapytał:

– Czy zechce nas pani wpuścić do środka?

Vera otworzyła drzwi. Obydwaj mężczyźni głęboko oddychali. Buty i nogawki spodni mieli przemoczone.

Vera powtórzyła:

– No i co się stało?

– Armstrong zniknął... – odrzekł Lombard.

VII

– Co takiego?

– Ulotnił się elegancko z wyspy – stwierdził Lombard.

– Ulotnił się... – dodał Blore. – To właściwe określenie. Zniknął jak za zaklęciem.

– To nonsens. Po prostu się gdzieś schował – rzekła niecierpliwie Vera.

– Nie, nie schował się – odrzekł Blore. – Może mi pani wierzyć, na tej wyspie nie ma kryjówek. Jest goła jak dłoń! Księżyc świeci. Jest prawie tak jasno jak w dzień. A mimo to nie mogliśmy go znaleźć.

– Skrył się gdzieś w domu – odparła Vera.

– Pomyśleliśmy o tym – mówił Blore. – Przeszukaliśmy dom także. Musiała nas pani słyszeć. Nie ma go tu, mogę panią zapewnić. Ulotnił się, zniknął, wsiąkł...

– Nie mogę w to uwierzyć – powiedziała Vera z powątpiewaniem.

– A jednak, moja droga, to prawda – dodał Lombard. Zastanawiał się chwilę. – I wie pani, szyba w pokoju jadalnym została rozbita, a poza tym... na stole znajdują się już tylko trzy figurki.

ROZDZIAŁ PIĘTNASTY

I

Trzy osoby siedziały w kuchni przy śniadaniu.

Na dworze świeciło słońce, był ładny dzień, burza minęła.

Ze zmianą pogody nastąpiła również zmiana samopoczucia uwięzionych na wyspie. Czuli się jak obudzeni z koszmarnego snu. Niebezpieczeństwo istniało jeszcze, ale to już było niebezpieczeństwo przy świetle dziennym. Obezwładniająca atmosfera strachu, która przytłaczała ich, gdy burza szalała na dworze, teraz minęła.

– Spróbujemy za pomocą lustra nadawać sygnały świetlne z najwyższego punktu wyspy – powiedział Lombard. – Chyba ktoś z brzegu domyśli się, iż są to sygnały SOS. Wieczorem możemy zapalić ognisko. Mamy jednak mało drzewa, a poza tym mogliby tam przypuszczać, że odbywa się u nas jakiś festyn z tańcami i lampionami.

– Na pewno – rzekła Vera – ktoś potrafi odczytać alfabet Morse'a. A wtedy przybędą, by nas stąd zabrać. Na długo przed wieczorem.

Lombard spojrzał na morze.

– Wypogodziło się, ale fala jest jeszcze wysoka. Nie będą tu mogli dziś przypłynąć.

– Jeszcze jedna noc na wyspie! – zawołała Vera.

Lombard wzruszył ramionami.

– Nic na to nie poradzimy. Jeżeli potrafimy przetrwać jeszcze dwadzieścia cztery godziny, wszystko będzie w porządku.

Blore przełknął ślinę.

— Lepiej wyjaśnijmy obecną sytuację. Co się stało z Armstrongiem?

— Ostatecznie mamy małą wskazówkę — odparł Lombard. — Tylko trzech żołnierzyków pozostało na stole. Może i Armstrong przeniósł się do wieczności?

Vera zapytała:

— Wobec tego czemu nie znaleźliście jego zwłok?

— Rzeczywiście, to prawda — rzekł Blore.

Lombard pokiwał głową.

— Diabelnie tajemnicza sprawa; na razie brak wytłumaczenia.

— Ktoś mógł go wrzucić do wody — podsunął Blore niepewnie.

— Kto? — zapytał ostro Lombard. — Pan? Może ja? Pan go widział, gdy wychodził przez frontowe drzwi. Następnie przyszedł pan po mnie do mojego pokoju. Potem wyszliśmy na dwór i szukaliśmy razem. Kiedy, do diabła, zdążyłbym zabić go i wrzucić zwłoki do morza?

— Nie wiem — odrzekł Blore. — Wiem tylko o jednym.

— O czym?

— O rewolwerze. To był pana rewolwer. Teraz jest znowu w pana posiadaniu. Trudno udowodnić, że nie miał go pan przez cały czas.

— Ależ, Blore! Byliśmy chyba wszyscy dokładnie rewidowani!

— Tak, ale mógł go pan gdzieś schować, a później wziąć z powrotem.

— Mój drogi głupcze, przysięgam panu, że ktoś mi go włożył do szuflady. To była największa niespodzianka, jaką kiedykolwiek przeżyłem.

— Pan wymaga... byśmy wierzyli w takie bzdury? Po jakiego diabła miał Armstrong lub ktokolwiek inny kłaść go z powrotem?

Lombard wzruszył ramionami.

177

— A bo ja wiem? To po prostu nie ma sensu. Ostatnia rzecz, jakiej można by się spodziewać. Nie widzę w tym sensu.
— Tak — przyznał Blore — sensu w tym nie ma. Mógł pan wymyślić jakąś bardziej prawdopodobną historyjkę.
— Albo raczej udowodnić, że mówię prawdę?
— Nie patrzę na to w ten sposób.
— Ale powinien pan.
— Niech pan posłucha — rzekł Blore. — Gdyby był pan prawym człowiekiem, jak pan utrzymuje...
— A kiedyż to twierdziłem, że jestem prawym człowiekiem? Nie, tego sobie nie przypominam.

Blore ciągnął z flegmą:
— Jeśli mówi pan prawdę, zostaje panu tylko jedno do zrobienia. Jak długo rewolwer znajduje się w pańskim posiadaniu, ja i panna Claythorne jesteśmy na pańskiej łasce. Najlepiej umieścić rewolwer tam, gdzie są zamknięte lekarstwa, z tym że i pan, i ja będziemy nadal trzymać klucze u siebie.

Philip Lombard zapalił papierosa. Odezwał się dopiero, kiedy wypuścił kłąb dymu:
— Niech pan nie będzie osłem.
— Nie chce się pan zgodzić?
— Nie chcę. Ten rewolwer jest moją własnością. Potrzebuję go do własnej obrony... i dlatego zatrzymam go u siebie...
— W takim razie możemy dojść tylko do jednej konkluzji.
— Że ja jestem U.N. Owenem? Niech pan sobie myśli, co się panu żywnie podoba. Ale jeżeli tak jest, niech mi pan powie, dlaczego wczoraj pana nie kropnąłem? Miałem przecież mnóstwo okazji.

Blore potrząsnął głową.
— Nie wiem, to prawda. Widocznie miał pan jakiś inny powód.

Vera nie brała udziału w dyskusji. Ocknęła się nagle z zamyślenia.

– Wydaje mi się, że zachowujecie się jak para dzieciaków.

Lombard spojrzał na nią.

– Cóż to znowu ma znaczyć?

– Zapomnieliście o wierszyku? Tam jest klucz do zagadki.

Zaczęła recytować zmęczonym głosem:

*Czterech dzielnych żołnierzyków
Raz po morzu żeglowało;
Wtem wychynął śledź czerwony,
Zjadł jednego, trzech zostało.*

Powtórzyła:

– Śledź... czerwony śledź... tu mamy wskazówkę. Armstrong wcale nie umarł... Zabrał figurkę z porcelany, byście myśleli, że zginął. Mówcie, co chcecie, ale doktor jest gdzieś na wyspie. To tylko podstęp.

– Być może ma pani rację – rzekł Lombard.

– Tak, ale gdzie on jest? – zapytał Blore. – Szukaliśmy wszędzie. Na dworze i w domu.

– A czy nie szukaliśmy wszyscy rewolweru? – rzekła ironicznie Vera. – Nie mogliśmy go znaleźć, choć był gdzieś schowany przez cały czas!

– Pomiędzy człowiekiem a rewolwerem jest mała różnica co do wielkości, moja droga – mruknął Lombard.

– To nie takie ważne. Jestem pewna, że mam rację.

– A może sam zrobił ze sobą koniec? – poddał Blore. – Chciał zmylić tropy. Weźmy pod uwagę zwrotkę o czerwonym śledziu. Jeśli on ją pisał, mógł równie dobrze ułożyć inaczej.

– Czy wy nie zdajecie sobie sprawy, że on jest wariatem? – zawołała Vera. – Przecież tutaj wszystko jest zwariowane!

To czyste szaleństwo, ale wszystko przebiega zgodnie z wierszykiem. Przebrał sędziego w togę, zabił Rogersa, gdy ten rąbał trzaski, dał taką dawkę środka nasennego pani Rogers, by się więcej nie obudziła, postarał się nawet o pszczołę, gdy panna Brent umarła! To sprawia wrażenie jakiejś straszliwej dziecięcej zabawy. Wszystkie kostki układają się w tekst.

– Tak, ma pani rację. – Blore zastanawiał się chwilę. – Ale na wyspie nie ma ogrodu zoologicznego do jego dyspozycji. Z tym będzie miał trudności.

– Nie widzi pan tego?! My jesteśmy jego zwierzętami... Wczoraj mało przypominaliśmy ludzi. Byliśmy jak zwierzęta w zoo.

II

Spędzili ranek na skałach, wysyłając na zmianę sygnały świetlne za pomocą lustra.

Nic jednak nie wskazywało, by ktoś je zauważył. Dzień był lekko mglisty, rozkołysane fale unosiły się wysoko. Nigdzie nie dojrzeli śladu łodzi rybackich.

Jeszcze raz przeszukali wyspę – bez rezultatu. Lekarz zniknął.

Vera spojrzała na dom. Rzekła z westchnieniem:

– Człowiek czuje się bezpieczniej na dworze. Nie wracajmy wcale do domu.

– Niezła myśl – odparł Lombard. – Jesteśmy tutaj dość bezpieczni. Zauważymy z daleka każdego, kto by chciał do nas podejść.

– Zostańmy tutaj – zaproponowała Vera.

– Gdzieś jednak trzeba spędzić noc – odezwał się Blore. – Gdy się ściemni, będziemy musieli wrócić do domu.

Vera zadrżała.

– Nie zniosę tego. Nie przetrwam drugiej takiej nocy.

– Nic pani nie grozi, jeśli się pani zamknie na klucz.

Vera szepnęła:
– Być może. – Wyciągnęła przed siebie ręce. – Jest przyjemnie... znowu grzeje słońce...

Myślała: „Jakie to dziwne... Czuję się prawie szczęśliwa. Przypuszczam, że grozi mi niebezpieczeństwo... Dziwne, ale nie gra to żadnej roli... W każdym razie nie podczas dnia... Czuję się pełna sił... Czuję, że nie mogę umrzeć...".

Blore spojrzał na zegarek.
– Jest druga. Co będzie z lunchem?

Vera powtórzyła z uporem:
– Nie wracam do domu. Zostaję tutaj... na świeżym powietrzu.

– Ależ, panno Claythorne, musi pani zachować siły.

– Zachoruję na sam widok marynowanego ozora. Nie mam ochoty jeść. Bywają wypadki, że ludzie cały dzień nic nie jedzą, gdy są na diecie.

– Tak, ale ja jestem przyzwyczajony do regularnych posiłków. A pan, kapitanie?

– Mnie również nie bardzo nęci myśl o konserwach. Zostanę tu z panną Claythorne.

Blore zawahał się.
– Niech się pan nie boi – rzekła Vera. – Nie sądzę, by chciał do mnie strzelić, gdy pan odwróci się do nas plecami.

– Wolno pani tak mówić – odparł Blore. – Ale uzgodniliśmy przedtem, że nie będziemy się rozstawać.

– Ale tylko pan ma ochotę wejść do jaskini lwa – zauważył Lombard. – Jeśli pan chce, mogę iść z panem.

– Nie, dzięki. Lepiej, żeby pan tu został.

Philip zaśmiał się.
– Nadal się pan mnie boi? Przecież mógłbym was oboje zastrzelić w tej chwili, gdybym tylko chciał.

– Tak, ale to by się nie zgadzało z ogólnym planem. Według planu ma ginąć za każdym razem tylko jedna osoba, i to w jakiś szczególny sposób.

– Pan świetnie się orientuje w tym wszystkim.

– Oczywiście – odrzekł Blore. – Dlatego czuję się trochę nieswojo, idąc samotnie do domu...

– I dlatego chciałby pan – odparował Lombard – pożyczyć ode mnie rewolwer? Odpowiedź jest krótka. Sprawa nie przedstawia się aż tak prosto.

Blore wzruszył ramionami i ruszył pochyłym stokiem w kierunku domu.

Lombard zauważył cicho:

– Zbliża się pora karmienia w zoo. Zwierzęta mają swoje ustalone pory!

Vera zapytała z nutą obawy w głosie:

– Czy to, co on robi, nie jest zbyt ryzykowne?

– Nie w tym znaczeniu, jakie pani ma na myśli! Jak pani wiadomo, Armstrong nie jest uzbrojony, a Blore to kawał chłopa, który potrafi dać mu radę. Blore zachowuje ogromną czujność, a poza tym jestem pewien, że doktora Armstronga nie ma w domu.

– Więc jakie jest rozwiązanie?

– Właśnie Blore.

– Och, czy naprawdę tak pan myśli?

– Proszę posłuchać. Blore sam opowiedział całą historię. Musi pani przyznać, że jeśli jest prawdziwa, ja nie mogę mieć nic wspólnego ze zniknięciem Armstronga. Jego opowiadanie oczyszcza mnie od zarzutów. Ale nie uwalnia od podejrzeń jego samego. Możemy polegać jedynie na jego słowach, że słyszał kroki i widział mężczyznę wychodzącego frontowymi drzwiami. Ale wszystko to może być kłamstwem. Mógł równie dobrze sprzątnąć Armstronga parę godzin wcześniej.

– W jaki sposób?

– Tego nie wiem. – Lombard wzruszył ramionami. – Ale według mnie jedynym niebezpieczeństwem dla nas jest Blore. Co my o nim wiemy? Mniej niż nic! Może być kimkolwiek, na przykład zwariowanym milionerem, oszalałym kupcem, zbiegiem z Broadmoor. Jedno jest pewne: mógł popełnić każde z tych morderstw.

Vera zbladła. Odezwała się ledwo dosłyszalnym głosem:

– A jeśli on i do nas się zabierze?

Lombard położył rękę na rewolwerze.

– Dołożę starań, by mu się to nie udało.

Potem spojrzał na nią pytająco.

– Vero, czy wreszcie nabrała pani do mnie zaufania? Czy jest pani pewna, że nie strzelę do pani?

– Muszę komuś ufać... Ale, prawdę powiedziawszy, nie wydaje mi się, by pan miał rację co do Blore'a. Jestem niemal przekonana, że to Armstrong. – Odwróciła się nagle ku niemu. – Czy nie ma pan wrażenia, że ktoś stale obserwuje nas z ukrycia i czeka?

Lombard rzekł ściszonym głosem:

– To tylko nerwy.

– Więc i pan to odczuł? – zapytała skwapliwie Vera. Zrobiło się jej zimno. Przysunęła się do niego bliżej. – Czytałam kiedyś powieść... o dwóch sędziach, którzy przybyli do małego miasteczka w Ameryce. Wydawali wyroki, jak gdyby byli Sądem Najwyższym. Wymierzali sprawiedliwość absolutną. Ponieważ nie pochodzili z tego świata...

Lombard podniósł brwi.

– Goście z nieba, co?... Nie, nie wierzę w zjawiska nadprzyrodzone. To wybitnie ludzka sprawa.

– Czasami nie jestem tego pewna – odrzekła stłumionym głosem.

Philip spojrzał na nią.

– Wygląda to na wyrzuty sumienia. – Po chwili spytał łagodnie: – A więc jednak utopiła pani to dziecko?

Vera odparła gwałtownie:

– Nie, nie zrobiłam tego! Nie ma pan prawa tak mówić!

Zaśmiał się swobodnie.

– O tak, moje dziecko, zrobiła to pani! Nie wiem dlaczego. Nie mogę sobie wyobrazić. Ale pewno stał za tym mężczyzna? No, czy nie mam racji?

Poczuła nagle wielkie zmęczenie. Rzekła bezbarwnym głosem:

– Tak... za tym stał mężczyzna...

– Dziękuję, to właśnie chciałem wiedzieć...

Naraz Vera poderwała się.

– Co to było? Co to za odgłos? Jak gdyby trzęsienie ziemi!

– Nie, nie. Ale to dziwne... brzmiało jak głuche uderzenie o ziemię. Myślałem, że pani słyszała coś jakby krzyk? Bo ja słyszałem.

Spojrzeli w kierunku domu.

– Głos dochodził stamtąd – rzekł Lombard. – Najlepiej będzie, jeśli pójdziemy zobaczyć.

– Nie, ja nie pójdę.

– Jak pani chce. Ja idę.

Vera zawołała desperacko:

– Niech będzie! Idę z panem.

Podeszli zboczem ku domowi. Taras, zalany promieniami słońca, robił pogodne wrażenie. Stali dłuższą chwilę, wahając się, wreszcie zamiast wejść frontowymi drzwiami, okrążyli dom.

Znaleźli Blore'a. Leżał z rozpostartymi ramionami na kamiennym tarasie od wschodniej strony willi. Duży blok białego marmuru strzaskał mu głowę.

Lombard spojrzał do góry.

– Czyje okno znajduje się nad nami?

– To mój pokój... – odpowiedziała drżącym głosem Vera.

– A to jest zegar, który stał na moim kominku. Teraz sobie przypominam. Marmurowa podstawka w kształcie niedźwiedzia.

III

Philip chwycił ją za ramię. W jego głosie brzmiała niecierpliwość i zawziętość.

– To wyjaśnia sprawę. Armstrong ukrył się gdzieś w domu... Idę go poszukać.

Vera przylgnęła do niego.

– Niech pan się opamięta. Teraz na nas kolej! My jesteśmy następni. On właśnie pragnie, byśmy go szukali! Liczy na to!

Philip rzekł w zamyśleniu:

– Może ma pani rację. Nie zastanawiałem się nad tym.

– W każdym razie przyzna pan, że moje podejrzenia były słuszne.

Lombard skinął głową.

– Tak, wygrała pani. Nie ulega najmniejszej wątpliwości, że to Armstrong. Ale gdzie ten łajdak się skrył? Przeszukaliśmy każdą szparkę.

– Jeśli nie znaleźliście go w nocy, to i teraz pan go nie znajdzie... To oczywiste.

– Tak, ale...

– Musiał sobie już przedtem przygotować kryjówkę. Coś w rodzaju sekretnego przejścia, jak w starych zamkach.

Philip potrząsnął głową.

– Jeszcze pierwszego ranka zrobiliśmy dokładne pomiary. Mogę przysiąc, że nie ma tu żadnej kryjówki.

– Musi być.

– Chciałbym to zobaczyć.

– Tak, chciałby pan wejść do środka, a on tylko na to czeka! Schował się i czyha na pana.

Lombard wyjął z kieszeni rewolwer.

– Jak pani widzi, mam to ze sobą.

– Mówił pan przedtem, że Blore jest bezpieczny, gdyż jest silniejszy od Armstronga. Był silny i czujny. Ale przecież Armstrong jest wariatem! A wariat ma wszystkie atuty w ręku. Jest bardziej przebiegły i chytry niż człowiek normalny.

Lombard schował rewolwer do kieszeni.

– Wobec tego chodźmy.

IV

Po pewnym czasie zagadnął:
– Co pani zrobi w nocy?
Vera nie odpowiedziała. Zapytał z naciskiem:
– Nie pomyślała pani o tym?
Odparła bezradnie:
– Cóż możemy zrobić? O Boże, jak ja się boję...
Philip rzekł uspokajająco:
– Jest piękna pogoda. W nocy będzie księżyc. Musimy wyszukać jakieś dogodne miejsce, może na szczycie skał. Możemy usiąść tam i przeczekać do rana. Nie wolno nam jedynie zasnąć. Musimy cały czas czuwać. Jeżeli ktokolwiek będzie się do nas zbliżał, strzelę! – Przerwał. – Ale pani będzie zimno w tej cienkiej sukience.

Vera zaśmiała się ochrypłym głosem.

– Zimno? Będę zimniejsza, gdy zostanę zabita.
– Tak, to prawda – odrzekł spokojnie.

Vera zerwała się na równe nogi.

– Oszaleję, jeśli będziemy ciągle siedzieć. Przejdźmy się trochę.

– Dobrze.

Przechadzali się tam i z powrotem wzdłuż skał opadających w kierunku morza. Słońce chyliło się ku zachodowi. Promienie rzucały złote, ciepłe blaski. Otaczały ich miękką poświatą.

Vera zachichotała nerwowo.

– Szkoda, że nie możemy się wykąpać...

Philip spojrzał na morze.

– Co tam jest? Nie widzi pani? Tam, przy dużej skale? Nie, trochę dalej na prawo.

– To chyba czyjeś ubranie.

– Jakiegoś plażowicza, co? – zaśmiał się Philip. – Dziwne. A może to tylko trawa morska.

– Chodźmy zobaczyć – zaproponowała Vera.

– To jednak jest ubranie – rzekł Philip, gdy podeszli bliżej. – Obok zawiniątka leżą buty. Niech pani idzie za mną, musimy się wspiąć na górę.

Gdy wdrapali się na skałę, Vera znieruchomiała.

– To nie ubranie... To człowiek.

Czyjeś ciało tkwiło pomiędzy dwiema skałami, rzucone tam podczas przypływu.

Lombard i Vera dotarli do zwłok. Pochylili się.

Purpurowa, ohydna twarz topielca.

Lombard krzyknął:

– Na Boga! To Armstrong!...

ROZDZIAŁ SZESNASTY

I

Wieki minęły... światy pędziły i wirowały... Czas stanął... stanął nieruchomo, przeleciały setki lat...
Nie, to minęła zaledwie minuta...
Dwie osoby spoglądały na trupa.
Powoli, bardzo powoli Philip i Vera podnieśli głowy i spojrzeli sobie w oczy...

II

Lombard zaśmiał się.
– A więc to tak, Vero?
– Nie ma nikogo na wyspie, nikogo... prócz nas dwojga. – Mówiła ledwie dosłyszalnym szeptem.
– Istotnie. Przynajmniej wiemy teraz, czego się trzymać, prawda?
– A ten trick z marmurowym niedźwiedziem?
Wzruszył ramionami.
– Czarodziejski trick, moja droga... pierwszorzędny...
Ich oczy spotkały się znowu.
Vera pomyślała: „Dlaczego nie przyjrzałam się lepiej jego twarzy? Wilk... twarz wilka... Te okropne zęby...".
Lombard przerwał milczenie, warknąwszy złowrogo:
– To koniec, musi pani przyznać. Znamy wreszcie prawdę. I to jest właśnie koniec...
– Rozumiem – odrzekła spokojnie.
Spojrzała na morze. Generał Macarthur też spoglądał na morze... kiedy to było, wczoraj?... Czy też przedwczoraj?

On również powiedział: „To koniec...". Wypowiedział te słowa z rezygnacją, jak gdyby oczekiwał końca.

Ale Vera się buntowała. Nie, nie powinien nastąpić koniec. Spojrzała na trupa.

– Biedny doktor Armstrong...

Lombard zadrwił:

– Cóż to, kobieca tkliwość?

– Dlaczego nie? Czy pan jest pozbawiony uczucia litości?

– Dla pani nie mam litości. Niech pani jej nie oczekuje.

Vera ponownie spojrzała na zwłoki.

– Musimy go stąd zabrać. Trzeba go zanieść do domu!

– Do pozostałych ofiar? Czysta i schludna robota. Dla mnie może pozostać, gdzie jest.

– W każdym razie powinniśmy usunąć ciało z zasięgu fal.

Lombard zaśmiał się.

– Jeśli pani tak uważa...

Nachylił się i pociągnął zwłoki. Vera usiłowała mu pomóc. Ciągnęli z całych sił.

Lombard dyszał.

– Nie taka łatwa robota.

Wyciągnęli jednak ciało Armstronga poza linię przypływu.

– No i co, zadowolona pani?

– Prawie.

W jej tonie brzmiała ostrzegawcza nuta. Obrócił się. Nim sięgnął po rewolwer, zdał sobie sprawę, że nie ma go w kieszeni.

Vera cofnęła się parę kroków, trzymając broń w ręku.

– Ach, więc dlatego była pani tak kobieco troskliwa? – rzekł domyślnie Lombard. – Żeby dostać się do mojej kieszeni?

Skinęła głową.

Trzymała rewolwer z miną stanowczą i zdecydowaną. Philip Lombard stanął oko w oko ze śmiercią. Wiedział, że nigdy nie był jej tak bliski.

Ale jeszcze się nie poddawał. Zażądał rozkazującym tonem:

– Niech pani odda rewolwer!

Vera tylko się zaśmiała.

Lombard powtórzył:

– No, niech pani odda rewolwer!

Jego umysł pracował błyskawicznie. Jaką drogę obrać?... Jaką metodę?... Zagadać ją, by poczuła się bezpieczna... czy też zaatakować niespodziewanie?

Przez całe życie Lombard wybierał ryzyko. Postanowił zaryzykować jeszcze raz.

Mówił spokojnie, z naciskiem:

– Niech mnie pani posłucha, moja droga, niech pani pozwoli...

W tej chwili skoczył. Szybki i zwinny jak pantera.

Vera odruchowo pociągnęła za spust.

Ciało Lombarda zamarło w skoku i ciężko runęło na ziemię.

Vera ostrożnie podeszła do leżącego, trzymając gotowy do strzału rewolwer.

Ale ostrożność była zbyteczna.

Philip Lombard nie żył – kula przeszyła mu serce.

III

Vera doznała wreszcie uczucia odprężenia – całkowitego, wielkiego odprężenia.

Wszystko miała już za sobą.

Nie będzie więcej strachu ani szarpaniny nerwów. Jest sama na wyspie.

Sama z dziewięcioma trupami...

Ale co z tego? Ona sama żyje...
Usiadła, zupełnie szczęśliwa i spokojna.
Już nie będzie się bała...

IV

Słońce zachodziło, gdy Vera poruszyła się w końcu. Na skutek szoku długo pozostawała bez ruchu.

Teraz poczuła, że jest głodna i śpiąca. Przede wszystkim śpiąca. Zapragnęła rzucić się na łóżko i spać, spać, spać...

Jutro, być może, nadejdzie ratunek – chociaż naprawdę nie zależy jej na tym. Ostatecznie to obojętne, że siedzi tutaj. Skoro jest sama...

O! Błogosławiony, błogosławiony spokój...

Wstała i spojrzała w kierunku domu.

Nie ma się już czego bać! Żadne strachy nie czyhają tam na nią. Po prostu zwykła nowoczesna willa. A przecież jeszcze rano nie mogła na nią patrzeć bez dreszczu.

Strach – co to za dziwne uczucie!...

No dobrze, ale teraz jest już po wszystkim. Przezwyciężyła największe niebezpieczeństwo. Dzięki własnej bystrości i zręczności odwróciła kartę na swoją korzyść. Zaczęła iść ku domowi.

Słońce zaszło. Niebo na zachodzie przybrało czerwonopomarańczowy kolor. Było ładnie i spokojnie...

Vera myślała: „Właściwie to wszystko mogłoby być snem...".

Jak straszliwie była zmęczona! Kości ją bolały, powieki opadały. Nie musi się już więcej bać... Spać... spać... spać...

Będzie mogła spać spokojnie, bo jest sama na wyspie.

Jeden żołnierzyk został sam.

Uśmiechnęła się do siebie.

Weszła frontowymi drzwiami. Dom tchnął dziwnym spokojem. Vera myślała:

„Właściwie nie powinno się mieć ochoty na spanie tam, gdzie prawie w każdym pokoju leży trup!".

Zastanawiała się, czy nie zejść do kuchni i nie przygotować sobie czegoś do jedzenia. Po chwili jednak zrezygnowała z kolacji. Była naprawdę zanadto zmęczona...

Stanęła w drzwiach jadalni. Pośrodku stołu dostrzegła jeszcze trzy małe porcelanowe figurki.

Zaśmiała się.

– Moi drodzy, nie nadążacie za wypadkami.

Wzięła dwie figurki i wyrzuciła je przez okno. Słyszała, jak rozbiły się o kamienie tarasu.

Zabrała ze stołu ostatniego żołnierzyka.

– Możesz pójść ze mną. Wygraliśmy, mój drogi! Wygraliśmy!

Hol był już ciemny o tej porze.

Vera, trzymając w ręku figurkę, zaczęła wchodzić na górę. Powoli, gdyż czuła się bardzo zmęczona.

Ten jeden, ten ostatni... Zaraz, jak to się kończy? Ach tak, weselem...

Weselem... Śmieszne, wydało jej się nagle, że Hugh jest w domu...

Jakie to dziwne. Tak, Hugh czeka na nią na górze.

Vera rzekła do siebie:

– Nie bądź wariatką. Jesteś tak zmęczona, że wyobrażasz sobie rzeczy najbardziej fantastyczne...

Powoli szła po schodach...

Na górze wypadło jej coś z ręki, nie robiąc wielkiego hałasu na puszystym chodniku. Nie zauważyła nawet, że upuściła rewolwer. Wiedziała tylko, że trzyma maleńką figurkę z porcelany.

Jaka cisza w domu! A jednak nie robił wrażenia pustego.

Hugh czeka na nią na górze...

Jeden mały żołnierzyk... Jak brzmi ostatnia strofka? Czy naprawdę wspomina o weselu...? Czy też chodzi tam o co innego?

To już jej pokój. Była prawie przekonana, że Hugh czeka na nią w środku.

Otworzyła drzwi.

Zabrakło jej tchu.

Co to takiego... zwisa z sufitu? Sznur z gotową pętlą... Pod nim stoi krzesło... wystarczy tylko je kopnąć...

Hugh właśnie tego pragnął...

Ach, oczywiście, tak brzmi ostatnia strofka wiersza:

A ten jeden, ten ostatni
Tak się przejął dolą srogą,
Że aż z żalu się powiesił,
I nie było już nikogo.

Mała figurka z porcelany wypadła jej z ręki. Potoczyła się po podłodze i rozbiła o kratę kominka.

Vera szła jak automat. Zbliżał się koniec – tutaj, gdzie zimna, mokra ręka (oczywiście ręka Cyrila) dotknęła jej szyi...

„Cyrilu, możesz popłynąć do skały...".

To właśnie było morderstwo, jakże zresztą łatwe!

Ale nie można tego zapomnieć...

Weszła na krzesło, patrząc przed siebie jak lunatyczka... Założyła pętlę na szyję.

Hugh przybył, by zobaczyć, czy zrobiła to, co powinna.

Kopnęła krzesło.

EPILOG

Sir Thomas Legge, komisarz ze Scotland Yardu, powiedział zirytowanym głosem:
– Ale przecież wszystko to wygląda nieprawdopodobnie!
Inspektor Maine rzekł z nutą szacunku:
– Wiem o tym.
– Dziesięć trupów na wyspie – ciągnął komisarz – i ani żywego ducha... To nie ma najmniejszego sensu.
Inspektor Maine odrzekł flegmatycznie:
– Niemniej, panie komisarzu, to fakt.
– Do pioruna, Maine, przecież ktoś musiał ich wymordować.
– W tym właśnie cały problem, który musimy rozwiązać.
– Czy orzeczenie lekarskie nie wniosło nic nowego?
– Nie. Wargrave i Lombard zostali zastrzeleni, pierwszy dostał w głowę, drugi w serce. Panna Brent i Marston umarli otruci cyjankiem potasu. Pani Rogers dostała zbyt dużą dawkę środka nasennego. Rogers miał ranę w czaszce, Blore zmiażdżoną głowę, Armstrong utonął. Macarthur zginął od uderzenia w tył głowy, a Vera Claythorne się powiesiła.
Komisarz się wzdrygnął.
– Paskudna sprawa. – Przez chwilę rozważał coś, wreszcie rzekł zdenerwowany: – Czy chce mi pan powiedzieć, że nie był pan w stanie zdobyć jakichś informacji od mieszkańców Sticklehaven? Do pioruna, przecież oni muszą coś wiedzieć!
Inspektor wzruszył ramionami.
– To są zwyczajni, prości rybacy. Wiedzą tylko, że wyspę zakupił jakiś Owen... I to jest właściwie wszystko.

— Dobrze, a kto zaopatrzył wyspę w żywność i urządził dom przed przyjazdem gości?

— Niejaki Morris, Isaac Morris...

— No i co on mówi o tym wszystkim?

— Nic nie mówi. On również nie żyje.

Komisarz zmarszczył czoło.

— Czy wiadomo coś o tym Morrisie?

— Tak, coś niecoś o nim wiemy. Nie miał zbyt dobrej reputacji. Trzy lata temu był zamieszany w aferę braci Bennito, choć nie mogliśmy mu tego udowodnić. Potem handlował narkotykami. Tego też nie można mu było udowodnić. Ten Morris to chytra sztuka.

— I on właśnie kryje się za tą aferą?

— Tak. Właśnie on pośredniczył w kupnie wyspy. Zaznaczył zresztą, że kupuje wyspę dla klienta, który nie chce wyjawić swego nazwiska.

— A nie mógł pan wpaść na jakiś ślad w związku z tą transakcją?

— Nie. Trzeba znać Morrisa! Potrafił tak sfałszować rachunki, że najlepszy księgowy w kraju nie mógłby się w niczym połapać. Mieliśmy próbkę tego w aferze braci Bennito. Nie, Morris umiejętnie zatarł za sobą ślady.

Komisarz westchnął.

— No i właśnie Morris poczynił przygotowania w Sticklehaven — podjął inspektor Maine. — Występował jako pośrednik „pana Owena". On również poinformował miejscową ludność, że na wyspie ma się odbyć jakaś próba czy coś w rodzaju zakładu dotyczącego życia na bezludnej wyspie przez tydzień. Dlatego wszelkie sygnały czy wezwania o pomoc miały pozostać bez odpowiedzi.

Sir Thomas Legge poruszył się niespokojnie.

— I twierdzi pan, że ci ludzie byli tak naiwni i nawet wtedy nic nie zwietrzyli?

Inspektor wzruszył ramionami.

— Zapomina pan, że Wyspa Żołnierzyków należała przedtem do młodego Amerykanina, Elmera Robsona. Urządzał na niej ekstrawaganckie przyjęcia. Można sobie wyobrazić, jakim okiem spoglądali na to mieszkańcy wioski. Ale z czasem przyzwyczaili się i doszli do przekonania, że na Wyspie Żołnierzyków muszą się dziać rzeczy niewiarygodne. Niech pan rozpatrzy sprawę pod tym kątem, a wtedy wszystko wyda się panu prawdopodobne.

Komisarz skinął chmurnie głową. Maine mówił:

— Fred Narracott, rybak, który przewiózł ich na wyspę, powiedział, iż był zdumiony widokiem swoich pasażerów. Nie przypominali w niczym gości Robsona. Przypuszczam, że właśnie ich spokój i poważny wygląd kazały mu, wbrew poleceniom Morrisa, popłynąć na wyspę, gdy dowiedział się o sygnałach SOS.

— Kiedy to nastąpiło?

— Sygnały zauważyli skauci rankiem jedenastego. Ale w tym dniu nie sposób było dostać się na wyspę. Rybacy wyruszyli dopiero dwunastego po południu, gdy można już było przybić do brzegu. Wszyscy są jednego zdania, że nikt nie mógł opuścić wyspy przed ich przybyciem. Morze było jeszcze zbyt wzburzone.

— A czy nikt nie mógł dopłynąć do lądu?

— Nie. Do lądu jest ponad mila, morze było bardzo niespokojne, olbrzymie fale rozbijały się o brzeg. Poza tym na skałach zebrało się sporo osób, miejscowa ludność i skauci, którzy obserwowali wyspę i czekali na dalsze znaki.

Komisarz westchnął.

— A co z płytą gramofonową, którą znaleziono w domu? Czy i tu brak wyjaśnień?

— Zbadałem dokładnie tę sprawę. Płyta została nagrana przez firmę, która specjalizuje się w nagrywaniu efektów akustycznych dla teatrów i kin. Firma wysłała ją U.N. Owenowi na ręce Isaaca Morrisa. Tekst zwrócono wraz z płytą, która była potrzebna jakoby przy wystawieniu niegranej dotąd sztuki.

– Dobrze, a treść tej płyty nie wyjaśniła niczego?

– Właśnie do tego zmierzam – rzekł z powagą Maine. Przełknął ślinę. – Przeprowadziłem drobiazgowe śledztwo w związku z nagranymi oskarżeniami. Rozpocząłem od Rogersów, którzy pierwsi przybyli na wyspę. Pracowali przedtem u panny Brady, która nagle umarła. Skontaktowałem się z jej lekarzem, ale nie mógł nic definitywnego powiedzieć. Twierdził, że na pewno jej nie otruli, ale przyznał, że mogła umrzeć z braku należytej opieki. Jego zdaniem czegoś takiego nie da się w żaden sposób udowodnić.

Następnie zająłem się sędzią Wargrave'em. Tu wszystko się zgadza. To on zasądził Setona. Przy okazji muszę dodać, że Seton był bez wątpienia winny. Wyszły na jaw nowe dowody jego winy, już po wykonaniu wyroku. Ale w czasie procesu chodziły pogłoski, że Seton jest niewinny. Dziewięćdziesiąt procent ludzi wierzyło, że wyrok ma charakter rozgrywki pomiędzy nim i sędzią.

Panna Claythorne była wychowawczynią w domu, gdzie zdarzył się śmiertelny wypadek – utonięcie. Nie wydaje się, by miała z tym coś wspólnego, a nawet zachowywała się bardzo dzielnie, natychmiast popłynęła na ratunek i została uniesiona na morze, o mały włos nie przypłaciwszy tego życiem.

– I co dalej? – rzekł komisarz z westchnieniem.

Maine zaczerpnął powietrza.

– Teraz kolej na doktora Armstronga. Znany lekarz, miał gabinet na Harley Street. Bezwzględnie prawy i sumienny w swoim zawodzie. Nie udało mi się wpaść na ślad żadnej niedozwolonej operacji. Prawda, że gdy pracował jeszcze w szpitalu w Leithmore w 1925 roku, operował tam niejaką panią Clees na zapalenie otrzewnej. Umarła na stole operacyjnym. Być może nie okazał zbytniej wprawy podczas tej operacji, ostatecznie był wtedy młodym lekarzem – ale przecież nie można podciągać niezręczności pod zbrodnię.

Podobnie ma się sprawa z Emily Brent. Służyła u niej młoda dziewczyna – Beatrix Taylor. Zaszła w ciążę i została zwolniona z pracy. Popełniła samobójstwo. Nieprzyjemna sprawa, ale jej również nie da się podciągnąć pod kodeks karny.

– Zdaje mi się, że w tym właśnie tkwi sedno sprawy. U.N. Owen zajął się osobami, do których prawo nie miało dostępu.

Maine wrócił do swej listy:

– Młody Marston był zwariowanym kierowcą. Dwa razy zatrzymywano mu prawo jazdy, a według mnie takim kierowcom powinno się w ogóle zabronić prowadzenia wozu. No i znowu tylko tyle da się powiedzieć. W okolicy Cambridge przejechał dwoje dzieci, Johna i Lucy Combes, zabijając je na miejscu. Przyjaciele świadczyli na jego korzyść i wyszedł z tej sprawy, zapłaciwszy jedynie grzywnę.

Nie mogłem znaleźć nic obciążającego generała Macarthura. Piękna karta żołnierska – służba na froncie, później w kraju. Arthur Richmond służył pod nim we Francji i zginął w czasie akcji. Nie było między nimi żadnych tarć. Bardzo się nawet przyjaźnili. Popełniano wtedy różne błędy – dowódcy niepotrzebnie poświęcali swych podwładnych. Może i to był podobny błąd.

– Możliwe – mruknął komisarz.

– A teraz Philip Lombard. Zamieszany był w parę awantur za granicą. Nieraz dosłownie wymykał się z ręki prawa. Miał opinię śmiałka działającego bez zbytnich skrupułów. Taki człowiek mógł popełnić choćby kilka zabójstw w jakimś odległym zakątku świata. Zostaje nam Blore. – Maine zawahał się. – Ten znowu jest jednym z naszych.

Komisarz drgnął.

— Blore — rzekł z naciskiem — nie przyniósł zaszczytu swemu zawodowi.

— Tak pan sądzi?

— Od dawna byłem tego zdania. Lecz Blore okazał się dostatecznie chytry, by zawsze się wywinąć. Moim zdaniem w sprawie Landora popełnił krzywoprzysięstwo. Nie dawało mi to wówczas spokoju, ale niczego nie potrafiłem mu dowieść. Przekazałem tę sprawę Harrisowi, ale i on nie umiał dać sobie z tym rady. Mimo to jestem nadal przekonany, że istnieje jakiś punkt zaczepienia, nie mogliśmy go tylko znaleźć. Nie, ten człowiek nie kroczył prostą drogą.

Po przerwie sir Thomas Legge dodał:

— I powiada pan, że Isaac Morris nie żyje? Kiedy umarł?

— Spodziewałem się, że pan poruszy tę sprawę. Isaac Morris zmarł ósmego sierpnia w nocy. Zażył zbyt dużą dawkę środka nasennego. I znowu brak poszlak, które by wskazywały, czy to był czysty przypadek, czy też samobójstwo.

Legge rzekł powoli:

— Czy chciałby pan wiedzieć, co o tym sądzę?

— Być może domyślam się.

— Śmierć tego Morrisa nastąpiła w diabelnie właściwym czasie.

Inspektor Maine skinął głową.

— Wiedziałem, że pan zwróci na to uwagę...

Komisarz trzasnął pięścią w stół.

— Cała sprawa wygląda zbyt fantastycznie... niewiarygodnie. Dziesięć osób zamordowanych na skalistej wyspie, a my nie wiemy, kto to zrobił, dlaczego to zrobił i jak to zrobił!

Maine odkaszlnął.

— Może aż tak źle nie jest. Domyślamy się przynajmniej, dlaczego to zrobił. To jakiś fanatyk działał w imię sprawiedliwości. Ścigał ludzi niewinnych w obliczu prawa. Zebrał dziesięć osób – czy one naprawdę były winne, czy nie, to nie gra roli...

Komisarz poruszył się nerwowo.

– Czyżby? – przerwał ostro. – Wydaje mi się...

Zamilkł. Inspektor Maine czekał z wyrazem uszanowania na twarzy, ale Legge z westchnieniem potrząsnął głową.

– Niech pan jedzie dalej – rzekł. – Przez chwilę wydawało mi się, że do czegoś dochodzę. Do czegoś, co mogłoby być kluczem do całej sprawy. Ale wątek się urwał. Niech pan mówi dalej.

Maine usłuchał.

– Było dziesięć osób, które należało, powiedzmy, stracić. I zostały stracone. U.N. Owen wykonał swe zadanie. A potem w ten czy inny sposób ulotnił się z wyspy.

– Sam trick zniknięcia jest pierwszej klasy – rzekł komisarz. – Ale musi chyba istnieć, inspektorze, jakieś wyjaśnienie.

– Myśli pan, że jeśli ktoś już był na wyspie, nie mógłby jej opuścić. Zainteresowani zaś żywili przekonanie, że nikogo prócz nich tam nie było. Wobec tego jako jedyne dopuszczalne wyjaśnienie musimy przyjąć, że morderca to jeden z dziesięciu zamordowanych.

Komisarz skinął głową. Maine rzekł z powagą:

– Myśleliśmy o tym, panie komisarzu. Staraliśmy się rozgryźć ten problem. Ostatecznie nie dreptaliśmy po omacku – Vera Claythorne prowadziła dziennik, tak samo Emily Brent. Stary Wargrave poczynił również parę notatek, są one zwięzłe, pisane stylem prawniczym, ale wystarczająco jasne. Również Blore zanotował parę szczegółów. Wszystkie te zapiski na ogół się pokrywają. Zgony nastąpiły w takiej kolejności: Marston, pani Rogers, Macarthur, Rogers, panna Brent, Wargrave. Po jego śmierci Vera Claythorne zapisała w swym dzienniku, że Armstrong opuścił w nocy dom i Blore z Lombardem poszli go szukać. W zapiskach Blore'a ostatnie dwa słowa brzmią: „Armstrong zniknął".

I właśnie tutaj wydawało nam się, biorąc wszystkie dane pod uwagę, że dochodzimy do pewnej konkluzji. Armstrong utonął, jak pan pamięta. Jeśli był obłąkany, cóż mogło go powstrzymać od wymordowania pozostałych osób? Na koniec mógł popełnić samobójstwo, rzucając się do morza, lub utonąć, próbując dostać się na ląd.

To byłoby niezłe rozwiązanie, prawda... Ale niestety... Po pierwsze mamy świadectwo lekarza sądowego. Udał się na wyspę wczesnym rankiem trzynastego sierpnia. Właściwie niewiele mógł nam pomóc. Stwierdził jedynie, że wszyscy nie żyli już co najmniej od trzydziestu sześciu godzin, a niektórzy zostali zabici jeszcze wcześniej. Jedynie co do Armstronga udzielił nam bardzo szczegółowych informacji. Stwierdził, że ciało doktora pozostawało w wodzie od ośmiu do dziesięciu godzin, nim morze wyrzuciło je na brzeg. Wynika stąd, że Armstrong utonął w nocy z dziesiątego na jedenastego – zaraz wytłumaczę dlaczego. Ciało jego zostało wciśnięte pomiędzy dwie skały, na to wskazują ślady włosów i strzępy ubrania. Mogło to nastąpić jedynie, gdy fala była bardzo wysoka, a więc jedenastego, przed godziną jedenastą rano. Później burza ustała i fala opadła.

Mógłby pan powiedzieć, że Armstrong sprzątnął pozostałe trzy osoby, zanim rzucił się w morze. Ale mamy tu inny orzech do zgryzienia. Ciało Armstronga zostało wyciągnięte spoza zasięgu morza. Znaleźliśmy je w miejscu, gdzie fale przypływu nie mogły już dotrzeć. Było ułożone na ziemi prosto i starannie. To rozstrzyga jedną sprawę: ktoś żył jeszcze na wyspie po śmierci Armstronga.

Zastanawiał się chwilę.

– Sytuacja wczesnym rankiem jedenastego sierpnia wyglądała następująco: Armstrong zniknął (utonął). Pozostały trzy osoby: Lombard, Blore i Vera Claythorne. Lombard został zastrzelony. Jego ciało leżało na piasku niedaleko zwłok Armstronga. Verę Claythorne znaleźliśmy powieszoną w jej własnym pokoju. Ciało Blore'a znajdowało się na tarasie. Głowę miał zmiażdżoną ciężkim zegarem, który, nie ulega wątpliwości, spadł z okna znajdującego się nad drzwiami.

Komisarz zapytał ostro:

– Czyjego okna?

– Very Claythorne. Ale zajmijmy się każdą z osób oddzielnie. Weźmy na pierwszy ogień Philipa Lombarda. Przypuśćmy, że to on spuścił bryłę marmuru na głowę Blore'a, następnie jakimś narkotykiem oszołomił Verę Claythorne i powiesił ją. Potem zeszedł na brzeg morza i zastrzelił się.

Jeśli przyjmiemy tę hipotezę, to kto zabrał mu rewolwer? Rewolwer znaleziono na piętrze, w drzwiach pokoju Wargrave'a.

– I żadnych odcisków palców? – spytał komisarz.

– Owszem. Very Claythorne.

– Ależ, człowieku, wobec tego...

– Wiem, co chce pan powiedzieć. Że to Vera Claythorne zastrzeliła Lombarda, zaniosła rewolwer do domu, zwaliła na głowę Blore'a blok marmurowy i następnie powiesiła się.

Znowu wszystko byłoby w porządku, gdyby nie jeden szczegół. W jej pokoju znajduje się krzesło, na którym są ślady wodorostów, takich samych jak na jej bucikach. Dowodzi to, że stanęła na tym krześle, założyła sobie pętlę na szyję i kopnęła krzesło.

Ale krzesło nie było wywrócone. Stało pod ścianą jak inne krzesła. To musiał ktoś zrobić już po jej śmierci.

Więc pozostaje nam Blore. Ale jeśli chciałby pan twierdzić, że zastrzeliwszy Lombarda i zmusiwszy Verę do powieszenia się, przygotował blok marmuru, by go sobie spuścić na głowę za pomocą sznurka czy czegoś tam... nie, w to absolutnie nie uwierzę. Mężczyźni nie popełniają samobójstwa w ten sposób, a jeśli chodzi o Blore'a, to zupełnie nie w jego stylu. Znaliśmy go dobrze – to nie był człowiek, którego można by posądzić o działanie w imię abstrakcyjnej sprawiedliwości.

— Zgadzam się z tym.

— Wobec tego na wyspie musiał być ktoś jeszcze. Ktoś, kto się w końcu ulotnił. Ale gdzie się ukrywał przez cały czas i w jaki sposób opuścił wyspę? Jak już mówiłem, mieszkańcy Sticklehaven są pewni, że nikt nie mógł opuścić wyspy przed przybyciem łodzi ratunkowej. Ale w takim razie...

Przerwał. Komisarz powiedział w zamyśleniu:

— W takim razie... — westchnął, potrząsnął głową i pochylił się do przodu. — W takim razie, pytam, kto ich zabił?

MANUSKRYPT PRZESŁANY DO SCOTLAND YARDU
PRZEZ KAPITANA KUTRA RYBACKIEGO „EMMA JANE"

Od najwcześniejszych lat zdawałem sobie sprawę, że w mojej naturze jest wiele sprzeczności. Zacznijmy od tego, że miałem wybujałą fantazję. Gdy jako dziecko czytałem powieści awanturnicze, zwyczaj wrzucania do morza butelki z jakimś ważnym dokumentem wywoływał we mnie zawsze dreszczyk wzruszenia. Do dziś dnia ulegam temu uczuciu – i dlatego może postąpię w ten sposób. Mam zamiar napisać wyznanie i powierzyć je falom morskim w zalakowanej butelce. Przypuszczam, że istnieje jedna szansa na sto, by zapis ten został znaleziony – a wtedy dopiero (czy niezbyt sobie pochlebiam?) nierozwiązana zagadka kryminalna zostanie wyjaśniona.

Urodziłem się z jeszcze innymi cechami charakteru oprócz romantycznej wyobraźni: oglądanie czy powodowanie śmierci sprawiało mi zawsze sadystyczną przyjemność. Przypominam sobie eksperymenty z osami czy innymi owadami... Od najmłodszych lat powodowała mną żądza zabijania.

Ale równocześnie miałem silnie wyrobione poczucie sprawiedliwości. Myśl, że mogę przyczynić się do śmierci osoby niewinnej, była mi zawsze wstrętna. W tych warunkach jest zupełnie zrozumiałe – każdy psycholog przyzna mi rację – że poświęciłem się karierze prawniczej. Zawód sędziego zaspokajał prawie wszystkie moje instynkty.

Problem zbrodni i kary zawsze mnie fascynował. Lubiłem czytać powieści kryminalne. Wymyślałem dla własnej zabawy najprzeróżniejsze sposoby popełniania morderstw.

Gdy z czasem zostałem przewodniczącym sądu, mój charakter wzbogacił się o jeszcze jedną cechę: odczuwałem niebywałą przyjemność w obserwowaniu złoczyńcy kręcącego się niespokojnie na ławie oskarżonych, cierpiącego męki potępieńca, gdy powoli zbliża się chwila wyroku. Natomiast nie sprawiało mi przyjemności, gdy na ławie oskarżonych siedział człowiek niewinny. Co najmniej dwukrotnie umorzyłem sprawę, gdy przekonałem się, że oskarżeni byli niewinni. Mamy jednak dobry aparat śledczy, więc prawie wszyscy oskarżeni o morderstwo, którzy przede mną stanęli, otrzymali wyroki na podstawie istotnych dowodów winy.

Podobnie było w przypadku Edwarda Setona. Jego powierzchowność i zachowanie mogły wprowadzić w błąd ławę przysięgłych. Dla mnie dowody jego winy były oczywiste, dobra znajomość przestępców upewniła mnie (w co wszyscy wątpili), że Seton w brutalny sposób zamordował starszą kobietę, która okazała mu zaufanie.

Każdą sprawę badałem jak najsumienniej, wyroki wydawałem zgodnie z przepisami prawa. Toteż niesłusznie miałem opinię sędziego, który wiesza.

Zawsze kładłem nacisk na to, by sąd nie ulegał wpływom emocjonalnym, do czego dążyli niektórzy z naszych adwokatów. Przywiązywałem dużą wagę do oczywistych dowodów.

Przed kilkoma laty zauważyłem u siebie pewnego rodzaju zmianę – brak kontroli wewnętrznej. Nie chciałem więcej sądzić, chciałem działać!

Nagle zapragnąłem – muszę przyznać otwarcie – popełnić jakieś morderstwo. Chciałem się po prostu wypowiedzieć jako artysta. Czułem, że mógłbym być prawdziwym artystą w zbrodni. Moja wyobraźnia, hamowana przez tyle lat wymogami zawodu, przekształciła się niepostrzeżenie w olbrzymią siłę.

Musiałem... musiałem... musiałem popełnić jakąś zbrodnię. A co najważniejsze, nie mogło to być jakieś banalne morderstwo. To musiało być coś fantastycznego, coś zdumiewającego, coś niezwykłego! Owładnęły mną wprost młodzieńcze marzenia. Pragnąłem dokonać czegoś teatralnego, czegoś nieosiągalnego.

Chciałem zabijać... tak, zabijać.

Ale – mimo iż może się to wydać niedorzeczne – powstrzymywało mnie i hamowało wrodzone poczucie sprawiedliwości. Wiedziałem, że nikt niewinny nie może ucierpieć z mego powodu.

I nagle, podczas przypadkowej dyskusji, opanowała mnie nowa myśl. Rozmawiałem z pewnym lekarzem, który napomknął, że jego zdaniem prawo jest bezsilne wobec pewnych zbrodni.

Podał konkretny przykład: śmierć swojej pacjentki, jakiejś starszej pani. Był przekonany, że zgon przyspieszyła para służących, która nie podała w porę przepisanego lekarstwa. Małżeństwo to spodziewało się po śmierci pani osiągnąć korzyści materialne. Lekarz twierdził, że nie sposób udowodnić podobnej winy, chociaż z całą pewnością czyn został popełniony. Dodał, że jest wiele takich wypadków rozmyślnego zabójstwa i że sprawcy uchodzą bezkarnie.

Po tej rozmowie zobaczyłem nagle przed sobą jasno wytkniętą drogę. Zamiast jednego zabójstwa postanowiłem zrobić coś na wielką skalę.

Przyszedł mi na myśl wierszyk z czasów mej młodości – wierszyk o dziesięciu żołnierzykach. Już jako dwuletnie dziecko byłem zafascynowany jego treścią... nieubłaganie malejąca liczba żołnierzyków, nieuchronność ich losu...

Zacząłem powoli, w tajemnicy, dobierać sobie ofiary.

Nie będę tu wchodził w szczegóły. Mam pewną wprawę w prowadzeniu rozmów, więc przypadkowe spotkania dawały nieoczekiwane rezultaty. Na przykład więc kiedyś leżałem w szpitalu i tam zapoznałem się ze sprawą doktora Armstronga. Jakaś starsza pielęgniarka, zdecydowana abstynentka, bawiła mnie rozmową na temat opłakanych skutków alkoholizmu. Opowiedziała, jak parę lat temu w jednym ze szpitali chirurg, będąc w stanie nietrzeźwym, spowodował podczas operacji śmierć pacjentki. Po paru obojętnych pytaniach na temat praktyki zawodowej tej siostry zebrałem potrzebne dane. Bez trudu odnalazłem lekarza.

Innym razem, przysłuchując się w klubie plotkom byłych wojskowych, natrafiłem na ślad generała Macarthura. Ktoś, kto wrócił niedawno znad Amazonki, charakteryzował mi działalność Philipa Lombarda. Na Majorce jakiś zacięty wróg kobiet opowiedział mi historię purytańskiej Emily Brent i jej nieszczęsnej służącej. Anthony'ego Marstona wybrałem z dużej grupy osób, które popełniły podobne przestępstwa. Gruboskórność i brak poczucia odpowiedzialności za życie ludzkie czyniły go – według mnie – typem niebezpiecznym dla otoczenia i nienadającym się do życia w społeczeństwie. Były inspektor Blore wpadł mi w ręce przypadkiem, gdy jeden z moich kolegów przedstawił mi sprawę Landora. Zainteresowała mnie ona szczególnie, gdyż uważam, że pracownicy policji, jako obrońcy ładu publicznego, muszą odznaczać się wysokim poziomem moralnym. Bo słowu ich wierzy się bez zastrzeżeń – to już związane jest z ich zawodem.

Ze sprawą Very Claythorne zapoznałem się podczas podróży przez Atlantyk. Pewnej nocy siedział ze mną w palarni jakiś młody, przystojny mężczyzna nazwiskiem Hugh Hamilton.

Hamilton był nieszczęśliwy. Swój smutek starał się utopić w odpowiedniej ilości alkoholu. Był właśnie w rzewnym na-

stroju, skłonny do zwierzeń. Nie spodziewając się niczego specjalnego, zacząłem machinalnie prowadzić z nim rozmowę. Odpowiedzi jego okazały się zadziwiające. Przypominam sobie nawet teraz jego słowa. Mówił:

„Oczywiście, ma pan rację. Dla większości ludzi morderstwo to na przykład dać komuś dawkę arszeniku, strącić ze skały, zastrzelić. – Pochylił się, zbliżył twarz do mojej twarzy. – Znałem morderczynię... znałem dobrze. A co więcej, kochałem się w niej... Niech mnie Bóg skarze, ale czasem wydaje mi się, że nadal ją kocham... To wszystko piekło, mówię panu, piekło... Widzi pan, ona to zrobiła dla mnie... Nie żebym się tego kiedykolwiek spodziewał. Kobiety to szatany... skończone diablice... Nigdy by pan nie pomyślał, że dziewczyna jak ona, ładna, prawa, wesoła, może coś takiego zrobić. Wysłała dziecko na morze i pozwoliła mu utonąć. Czy pomyślałby pan, że kobieta jest zdolna do czegoś takiego?".

Zapytałem:

„Czy ma pan pewność, że ona to zrobiła?".

Nagle jakby wytrzeźwiał.

„Całkowitą. Nikt się nawet nie domyślał, ale ja poznałem prawdę w momencie, gdy spojrzałem na nią zaraz po wypadku... I ona wiedziała, że ja wiem... Nie przypuszczała, że kochałem tego chłopaka...".

Nic więcej nie powiedział, ale bez trudu odnalazłem ślady i odtworzyłem przebieg zdarzeń.

Potrzebowałem jeszcze dziesiątej ofiary. Znalazłem ją w osobie Morrisa. Była to kreatura wątpliwej wartości. Zajmował się między innymi handlem narkotykami i nauczył córkę mojego przyjaciela zażywać narkotyki. Popełniła samobójstwo w wieku dwudziestu jeden lat.

W trakcie poszukiwań dojrzewał w mym umyśle plan działania. Niemały wpływ wywarła na mnie rozmowa, jaką przeprowadziłem na Harley Street z pewnym lekarzem. Przechodziłem niedawno operację. Specjalista z Harley Street orzekł, że druga operacja jest już bezcelowa. Lekarz podał mi tę informację w bardzo delikatny sposób, ale jestem przyzwyczajony do wyławiania prawdy z każdego słowa.

Nie wyjawiłem doktorowi mej decyzji, postanowiłem nie czekać na powolne zbliżanie się śmierci. Zdecydowałem, że umrę w ogniu działania, a nim umrę, będę żył pełnią życia.

No a teraz opiszę wypadki, które zdarzyły się na Wyspie Żołnierzyków. Nabycie wyspy za pośrednictwem Morrisa nie przedstawiało żadnych trudności. Był mistrzem w załatwianiu tego rodzaju spraw. Zebrawszy wszelkie informacje dotyczące moich przyszłych ofiar, mogłem każdą z nich skusić odpowiednią przynętą. Żaden z mych planów nie zawiódł. Wszyscy zaproszeni przybyli ósmego sierpnia na wyspę. Nie wyłączając mnie samego.

Rozprawiłem się już z Morrisem. Skarżył się na niestrawność. Przed wyjazdem z Londynu dałem mu pastylkę, którą poleciłem mu zażyć przed zaśnięciem. Powiedziałem, że to lekarstwo zawsze stawiało mnie na nogi w podobnych wypadkach. Był trochę hipochondrykiem – przyjął lekarstwo bez wahania. Nie bałem się, by pozostawił jakieś kompromitujące mnie notatki. To nie leżało w jego stylu.

Kolejność morderstw na wyspie została przeze mnie bardzo starannie opracowana. Stopień winy moich gości był różny. Postanowiłem, że ci, których wina była najmniejsza, umrą wcześniej i nie będą przeżywali wzmagającego się uczucia strachu tak jak ci, co dokonali zbrodni z zimną krwią.

Anthony Marston i pani Rogers umarli najpierw, on nagłą śmiercią, ona we śnie. Marston był, według mnie, typem poganina, który urodził się bez poczucia moralnej odpowiedzialności. Był amoralny. Pani Rogers, nie miałem co do tego żadnej wątpliwości, czyniła wszystko pod wpływem męża.

Nie potrzebuję opisywać szczegółowo, jak spowodowałem ich śmierć. Policja nie będzie miała trudności z odtworzeniem faktów. Wsypanie do prawie pustej szklanki Marstona cyjan-

ku nie przedstawiało żadnej trudności w chwili napięcia, jakie nastąpiło po przegraniu płyty gramofonowej. Cyjanek łatwo jest kupić właścicielowi posesji jako środek przeciw osom.

Muszę dodać, że obserwowałem twarze moich gości, gdy słuchali oskarżenia, i opierając się na długiej praktyce sądowej, przekonałem się raz jeszcze, że wszyscy bez wyjątku są winni.

Na me cierpienia przepisano mi środek nasenny, którego dużą dawkę bez trudu zaoszczędziłem. Gdy Rogers przyniósł brandy dla żony i postawił kieliszek na stoliku, przechodząc obok, wsypałem do niego przygotowaną uprzednio śmiertelną dawkę lekarstwa.

Poszło to tym łatwiej, że nie zaczęli jeszcze nic podejrzewać.

Na generała Macarthura śmierć spłynęła spokojnie. Nawet nie słyszał, jak podszedłem do niego z tyłu. Oczywiście musiałem w odpowiedniej chwili opuścić taras, ale wszystko odbyło się po mojej myśli.

Jak przypuszczałem, wyspa została dokładnie przeszukana. Stwierdzono, że poza nami siedmiorgiem nikogo na niej nie ma. To od razu stworzyło atmosferę podejrzeń. Zgodnie z mym planem postanowiłem dobrać sobie wspólnika. Wybór padł na doktora Armstronga. Był łatwowierny i znał mnie ze słyszenia. Nie wyobrażał sobie, by człowiek mojej pozycji mógł być mordercą. Wszystkie jego podejrzenia padły na Lombarda, a ja udawałem, że podzielam jego zdanie. Napomknąłem mu, że mam pomysł, dzięki któremu będzie można zastawić pułapkę na mordercę.

Mimo że wszystkie pokoje zostały przeszukane, nie doszło jeszcze do rewizji osobistej. Ale to musiało nastąpić prędzej czy później.

Rankiem dziesiątego sierpnia zabiłem Rogersa. Rąbał trzaski i nie słyszał moich kroków. Znalazłem w jego kieszeni klucz do jadalni. Zamknął ją starannie poprzedniego wieczoru.

Podczas zamieszania, jakie wynikło w związku ze znalezieniem ciała, wśliznąłem się do pokoju Lombarda i wziąłem jego rewolwer. Wiedziałem, że zabrał go ze sobą, gdyż poleciłem Morrisowi, by mu to zasugerował.

Podczas śniadania wsypałem ostatnią dawkę środka nasennego do filiżanki panny Brent, gdy dolewałem jej kawy. Pozostawiliśmy ją później samą w jadalni. Wsunąłem się tam po chwili – była prawie zamroczona i bez trudu wstrzyknąłem jej silny roztwór cyjanku. Cała historia z pszczołą była raczej dziecinna, niemniej mi się podobała. Ze szczególną przyjemnością trzymałem się treści wierszyka.

Później sprawy potoczyły się zgodnie z mymi przewidywaniami, a nawet – propozycjami. Wszyscy poddaliśmy się rewizji osobistej. Przedtem ukryłem rewolwer. Nie miałem już wtedy przy sobie trucizny.

Nadeszła pora wtajemniczenia Armstronga. Wytłumaczyłem mu, że następną ofiarą – oczywiście fikcyjną – będę ja sam. To powinno zmylić mordercę. Z chwilą gdy wszyscy uwierzą, że nie żyję, będę mógł bez trudu poruszać się i szpiegować nieznanego mordercę.

Armstrongowi od razu spodobał się ten plan. Wieczorem przystąpiliśmy do jego realizacji. Trochę czerwonej gliny na czole, czerwona kotara oraz włóczka – i dekoracja gotowa. Migotliwy blask świec nie dawał rzeczywistego obrazu, a jedyną osobą, która miała mnie widzieć z bliska, był Armstrong.

Wszystko poszło świetnie. Panna Claythorne narobiła przeraźliwego wrzasku, gdy dotknęła wodorostów, które uprzednio zawiesiłem w jej pokoju. Wszyscy pobiegli na górę, a ja zacząłem udawać zamordowanego.

Mój widok wywołał pożądany efekt. Armstrong grał swoją rolę bez zarzutu. Wnieśli mnie na górę i położyli na łóżku. Nikt nie troszczył się już o mnie, byli zbyt przerażeni i nieufni w stosunku do siebie.

Umówiłem się z Armstrongiem, że spotkamy się w nocy za domem, za piętnaście druga. Zaprowadziłem go nieco dalej, aż do wystającej skały. Wytłumaczyłem, że to dogodne miejsce, gdyż widać stąd, czy ktoś się nie zbliża, a nikt z domu nas nie dostrzeże, gdyż okna sypialni wychodzą na przeciwną stronę. Armstrong nie podejrzewał niczego – a jednak mógł być trochę bardziej przezorny, gdyby sobie przypomniał słowa wierszyka: „Wtem wychynął śledź czerwony...". Ale dał się nabrać.

Poszło mi dość łatwo. Wychyliłem się i zachęcałem go, by sprawdził, czy pod skałą nie widać przypadkiem wejścia do groty. Nachylił się także. Gwałtowne pchnięcie rzuciło go we wzburzone fale. Wróciłem do domu. Tu moje kroki usłyszał Blore. Parę minut później wszedłem do pokoju Armstronga i zachowywałem się specjalnie głośno, aby ktoś mnie usłyszał. Gdy schodziłem na dół, otworzyły się drzwi na piętrze. Musieli dostrzec moją sylwetkę, kiedy wychodziłem drzwiami frontowymi.

Minęła chwila, nim udali się za mną. Obszedłem dom i wróciłem przez okno jadalni, które przedtem zostawiłem otwarte. Zamknąłem okno, następnie wybiłem szybę. Zrobiwszy to, położyłem się do łóżka.

Przypuszczałem, że na nowo przeszukają dom, ale nie sądziłem, by chcieli patrzeć na trupy. Wystarczyło im lekko uchylić prześcieradeł, by się przekonać, że to nie Armstrong udaje zmarłego. Tak też się stało.

Zapomniałem powiedzieć, że położyłem z powrotem rewolwer w pokoju Lombarda. Może kogoś zaciekawi, gdzie był ukryty podczas przeszukiwania domu. W spiżarni znajdowało się dużo konserw. Otworzyłem delikatnie puszkę z biszkoptami. Włożyłem do środka rewolwer i przykryłem wieczko.

Jak przypuszczałem, nikomu z nich nie wpadło do głowy, by przeglądać każdą puszkę z konserwami, tym bardziej że na półkach stały ich całe stosy.

Czerwoną kotarę ukryłem pod siedzeniem fotela w salonie, a włóczkę wsunąłem w poduszkę, którą specjalnie rozciąłem.

A teraz nadszedł z góry przewidziany moment. Trzy osoby tak boją się jedna drugiej, że coś musi nastąpić – jedna z nich ma rewolwer. Obserwowałem ich z okien domu. Gdy Blore wrócił sam, zrzuciłem na niego przygotowaną uprzednio bryłę marmuru. Blore odpadł...

Z mego okna widziałem, jak Vera Claythorne zastrzeliła Lombarda. Odważna i pomysłowa dziewczyna. Zawsze myślałem, że tworzyliby dobraną parę. Natychmiast zrobiłem w jej pokoju małą inscenizację.

Postanowiłem dokonać eksperymentu psychologicznego: czy świadomość winy i napięcie nerwowe spowodowane zastrzeleniem człowieka wystarczą, by pod hipnotycznym wpływem otoczenia powzięła myśl samobójstwa? Sądziłem, że tak. I miałem rację. Vera Claythorne powiesiła się na moich oczach, gdy stałem ukryty za szafą.

I teraz nastąpił akt ostatni. Podniosłem wywrócone krzesło i ustawiłem je pod ścianą. Rewolwer znalazłem u szczytu schodów, gdzie wypadł dziewczynie z rąk. Uważałem, by nie zetrzeć odcisków jej palców.

A teraz?

Muszę już kończyć pisanie. Muszę jeszcze umieścić rękopis w butelce, zalakować i wrzucić do morza.

Dlaczego?

Tak, dlaczego?

Było moją ambicją wymyślić zbrodnię, której nikt nie rozwiąże.

Ale żaden artysta – teraz już wiem – nie zadowoli się samą sztuką. Potrzebny mu jest jeszcze aplauz. Muszę się przyznać do pewnej ludzkiej słabości. Gorąco pragnę, by ktoś dowiedział się, jak sprytnie wszystko wymyśliłem.

Oczywiście zakładam, że tajemnica Wyspy Żołnierzyków nie doczeka się rozwiązania. Ale może się zdarzyć, że policja będzie mądrzejsza, niż przypuszczam. Ostatecznie istnieją pewne klucze do rozwiązania zagadki. Po pierwsze policja doskonale wie, że Edward Seton był winny. Wie zatem, że jedna z dziesięciu osób przebywających na wyspie nie popełniła zbrodni, a choć wygląda to na paradoks, ona właśnie musi być mordercą. Drugi klucz do zagadki to śmierć Armstronga, który został nabrany i wskutek tego zginął. Można z tego wyciągnąć dalsze wnioski. Z czterech osób, jakie w owym czasie wchodziły w rachubę, jedynie ja mogłem wzbudzić jego zaufanie.

Ostatni klucz jest symbolem. Śmierć naznaczyła moje czoło: piętno Kaina.

Teraz już nie mam wiele do powiedzenia.

Wrzuciwszy ten dokument do morza, wrócę do pokoju i się położę. Do mego cwikieru przywiązana jest cienka gumka. Okulary będą leżały na łóżku. Gumkę przeciągnę przez klamkę i lekko umocuję na jej końcu rewolwer.

Przypuszczam, że przebieg wypadków będzie taki:

Ręką owiniętą w chusteczkę nacisnę spust. Ręka opadnie w bok. Rewolwer, pociągnięty przez gumkę, poleci w kierunku drzwi. Zatrzymany na klamce, odczepi się i spadnie na podłogę. Gumka odskoczy z powrotem i będzie zwisać z okularów, które przygniecie ciężar mego ciała. Chusteczka na podłodze nie powinna wywołać żadnych komentarzy.

Znajdą mnie leżącego spokojnie na łóżku, z przestrzelonym czołem, zgodnie z notatkami mych ofiar. Gdy nasze ciała zostaną odkryte, chwili zgonu nie da się już dokładnie ustalić.

Skoro morze się uspokoi, na pewno przybędą z lądu ludzie.

Znajdą dziesięć trupów i natkną się na tajemnicę Wyspy Żołnierzyków, której nie będą w stanie rozwiązać.

Podpis: *Lawrence Wargrave*